野いちご文庫

ずるいよ先輩、甘すぎます

雨

JN031160

STARTS
スターツ出版株式会社

contents

古《こ》賀《が》 三《み》琴《こと》

紘菜が通う高校の1年先輩。ミスターコンテスト優勝経験者で、校内ではイケメンと名高い。照れ屋で優しすぎるのが唯一の弱点。

大《おお》槻《つき》 紘《ひろ》菜《な》

自分は平凡代表だと思っている高2。幼馴染の翔斗に振られて「誰のヒロインにもなれない」と落ち込むが、新しい運命の出会いが!?

松《まつ》永《なが》 翔《しょう》斗《と》

紘菜の1年先輩で幼馴染であり、初恋の人。紘菜には気弱な一面を見せ、優柔不断なところもある。

椎《しい》葉《ば》春《はる》

三琴の元カノ。ミスコンに出場する、学校のマドンナ的存在。三琴と別れて新しい彼氏がいるけれど…。

真《ま》渡《わたり》駿《しゅん》

紘菜のバイト仲間。外見はチャラいが、鋭い観察力の持ち主のため、核心を突く言動が多い。

木《き》場《ば》寛《かん》太《た》

中学時代からの三琴の親友。超リアリストで、過去の恋はさっさと忘れて前に進むタイプ。

横《よこ》山《やま》瑛《え》那《な》

紘菜のクラスメイトで親友。ツンデレ対応で辛辣な発言も多いけれど、いつも紘菜を見守っている。

「普通に幸せになりたかったよなぁ」
好きな人に振られた私を見つけてくれたのは、好きな人に振られたばかりの先輩でした。

大槻《おおつき》紘菜《ひろな》
「とりあえずラーメン食べに行きましょう」

×

古賀《こが》三琴《みこと》
「失恋には甘いものが効《き》くって言うじゃん？」

「大丈夫、紘菜ちゃんは絶対ヒロインになれるよ」

「先輩も、きっとヒーローになれます」

ねえ先輩。

私は本当に、いつか、誰かの——先輩の、ヒロインになれますか？


「ごめんね、紘菜ちゃん」

私をこんな風にさせておいて逃げるなんて。

そんなのずるいです、先輩……。

ずるいよ先輩、甘すぎます

当て馬たるものは

「俺、……もう行かないと」

「……うん」

「ごめん、紘菜」

「……なに、やめてよそういうの。謝《あやま》られると虚《むな》しいじゃん」

「……だよな。ごめん」

「早く行きなよ。私は大丈夫《だいじょうぶ》だから」

「……ありがとう、……バイバイ」

——高校二年生、夏。

〝当《あ》て馬《うま》〟というものが、想像の五百億倍辛《つら》いことを知った。

あー……行っちゃった。

小さい時からずっと見てきた大好きな背中。

手を伸ばせば簡単に触《ふ》れられる距離《きょり》にいた彼は、今から私ではない女の子のものになるらしい。

『ごめん、紘菜』

なにが、ごめんだ。

虚しいし、むかつくし、殺意《さつい》しか湧《わ》かないから謝らないでほしい。

そして、なんできみが切《せつ》なそうな顔するんだ。

泣きたいのはどう考えても私の方なのに。

彼の世界では〝あの子〟がヒロインだった。

彼らのものがたりは無事にハッピーエンドを迎えることになる。

付き合い始めたところから、新たな章が始まるんだよね。

彼らのものがたりにおける私は、単なる脇役《わきやく》——しかも当て馬だ。

ヒロインを引き立てるため、横で悲しい思いをするのが私の役割。

幼馴染《おさななじみ》って、それだけで特別なんだと思ってた。小さい時の黒歴史を知っていたり、ふたりにしかわからない合図があったり、体調不良の時はいち早く気づいてくれたり。

そういうのが積み重なって、お互いの存在が当たり前になっていく。

なかなか恋に発展しないのは、これまでの関係性が壊れてしまうことを怖がるからだけなんだって、そう思っていた。

だけど、現実はそうじゃなかったみたいだ。

幼馴染というとても近いポジションにいながら、好きな人にはなかなか振り向いてもらえない。

いつからか、好きな人は転校生の〝あの子〟に恋をしちゃうんだ。

いろいろ仕掛けてなんとか隣をキープするけど、彼の気持ちが自分に向いていないことを自覚して　真っ暗な部屋で泣いたりする。

最終的には好きな人の幸せを願い「早く行きなよ」って言って、自分ではない〝あの子〟と結ばれる彼の未来をあと押しする。

――それが、まさに今の私。

一つ年上の幼馴染が、私の初恋の人だった。

松永翔斗《まつながしょうと》。

名前からしてかっこいい。

ちなみに、顔も当然のごとくかっこいい。

黒髪がよく似合う。重めのマッシュ。

前髪は少しだけ横に流してあるからちゃんと目は見える。くっきり二重《ふたえ》で、いつも眠そうな顔をしてる。

唇《くちびる》の横にほくろがある。それから福耳《ふくみみ》。

翔斗はとにかく〝優《やさ》しい〟。

「紘菜が好きなのでいいよ」

「俺はなんでも」

「ごめんね、俺のせいだね」

私のどんなわがままでも受け入れる。否定しない。なんでも褒《ほ》める。

あと、すぐ謝る。

……いや、優しいというのとは違うか。

〝優柔不断《ゆうじゅうふだん》〟で〝弱々《よわよわ》しい〟。

〝流されやすい〟と言った方が正しいのかもしれない。

冷静《れいせい》になって、総合的に見たら、ただのヘタレ。

「どうしよう紘菜。俺ダメかも」

「振られたらどうしよ、生きてけない」

「俺のこと、どう思ってるんだろう」

自信がなくて、全然頼《たよ》りにならない。好きな人に告白すらできない。発言ひとつひとつがダサい。顔はかっこいいのに残念すぎる。

それでも、私はそんな彼のぜんぶが好きだったのだ。

〝あの子〟のことが好きとわかっていても、一緒にいたかった。いつか私のことを好きになってくれるかもしれないって、ひと筋《すじ》の希望を信じてやまなかった。

ホント、なにが『ごめん』だ。

私だってヒロインになりたいよ。

好きな人の、翔斗の、ヒロインになりたかった。

「あー……、つら……」

もう無理。こうなったらやけ食いだ。

大好きなラーメン、今なら五杯は食べれるかもしれない。半分サイズじゃなくて普通のチャーハンも頼もう。餃子《ぎょうざ》は十皿。絶対に余裕だ。

お腹《なか》いっぱい好きなものを食べて、この涙も一緒に飲み込んでしまおう。

もう今日でおしまい。

翔斗を好きでいるのもやめる。

さよなら初恋。さよなら翔斗。

ああ、ホント、当て馬になんてなりたくなかった。


「……うー、お腹いっぱい」

「まだ残ってるよ、紘菜」

「半チャーハンにしとけばよかった……」

「餃子もね。食べてから頼めばよかったね。ホント、バカだね」

「エナちゃん……今日は、優しくしてよぉ……」

ラーメン屋さんに親友のエナちゃんを呼び出したのは二一時をすぎた頃。

「振られた」って電話をしたら、エナちゃんは「意味わかんない」って怒っていた。

「ラーメン食べたいから今から来て」って言ったら、「それも意味わかんない」って言われた。

だけど結局なんだかんだ言っても来てくれるのが、私の自慢の親友だったりもするわけで。

「もー……ホント、気持ちはわかるけど、食べきれる量だけにしなって」

「いけると思った」

「気持ちだけあったってしょうがないじゃんか」

……確かになぁ。

想うだけじゃ翔斗は振り向いてくれなかった。

一ミリも私のこと、見てくれていなかった。

私の気持ちだけあったって、翔斗の気持ちはいつの間にか〝あの子〟に向いていた。学年が違うから、私は転校生が来たことすら知らなくて。たまたま翔斗と〝あの子〟が一緒にいるところを見かけた時に、初めて存在を知ったんだ。〝あの子〟といる時の翔斗が、見たことのない優しい顔をしていて、胸の奥がざわついた。

いつからだったんだろう。いつから、翔斗は〝あの子〟に恋をしていたのかな。

ああ、辛い。思い出すと泣けてくる。

だけど、でも、好きだったんだ。どうしようもないくらい、翔斗のことが好きだった。いつから好きになったのかもわからない。家に行く時は翔斗の好きなお菓子を持っていったり、ロングヘアーが好きって言うから髪を伸ばしたり。気づいた時には、私の世界は翔斗を中心に回っていた。

「好き」って簡単にやめられないんだなぁ。

おいしいものをやけになってたくさん食べても、なくならない気持ち。

忘れるには、一体どうしたらいいんだろう。

「あーーーーー、くっそ……」

そんな声が耳に届いたのは、もうとっくに八分目を超えて十分目になっているお腹の中に、無理やり餃子を放り込んだ時だった。

「全然足《た》んねー」

「食べすぎだって。お前いつもバカみたいに食って、次の日に腹壊《こわ》すじゃん」

「誰がバカだ?」

「お前だよ。振られてやけ食いなんて、だせーからやめろって」

「うっせー、……わかってるっつーの」

比較的空《す》いている店内で、三つ向こう隣《となり》のカウンター席から聞こえた話を聞き取るには十分な声量《せいりょう》。

〝振られてやけ食い〟というワードにつられ、ちらりと視線を向ける——と。

バチ。目が合ってしまった。

黒髪で、翔斗より軽めのマッシュヘアー。

切れ長の目に通った鼻筋《はなすじ》。

耳には、ピアスがひとつ、きらりと輝いていた。

よく見ると同じ学校の制服を着ている。

「……え。ミコト先輩、じゃん」

隣で嫌々《いやいや》チャーハンを食べていたエナちゃんがそう言うと、その名前に反応した黒髪の彼が「え?」とこぼした。

「んん? 俺のこと知ってるの?」

「あ、いや……」

「え、てか同じ学校じゃん。何年生?」

黒髪の彼——ではなく、彼のうしろから顔を覗かせたお友達さんの方が、質問を重ねる。

「二年です」と答えると、「後輩かー」とお友達さんはなぜかため息を吐いた。

「あの、……振られたって、聞こえちゃったんですけど」

「んー……？」

「三琴先輩、……春《はる》先輩と別れちゃったんですか」

彼からしたら初対面の後輩にこんなことを聞かれ、なんのこっちゃと思ったかもしれない。

けれど、あまりにも衝撃《しょうげき》的だったのだ。

「……と、突然ごめんなさい……、けど、二年生の中でも有名だったんです。三琴先輩と春先輩」

私の言葉に、彼は苦笑《にがわら》いを浮かべた。「あー、……恥《は》ずかしー」と言ってくしゃくしゃと自分の髪を掻《か》く。

その瞳《ひとみ》が寂《さび》しげで、なんだか、少しだけ自分と同じ匂《にお》いを感じた。

「今日、振られたんだよね。悲しいことに」

「……そ、そうなんですね」

「まあ、春はミスコンに出てたし、校内でも有名だし、そりゃ知ってる人は知ってるよね。……あー、まじ恥ずいな」

三琴先輩と春先輩のことは、去年の文化祭の時にミスターコンとミスコンに出ていたから、ほとんどの生徒は知っていると思う。エントリーが決まった時から、優勝候補だって噂されていたし、実際、ふたりそろって優勝していた。むしろ、知らない人のほうが希少だ。

三琴先輩はかっこいいし春先輩は美人だしで、「美男美女でお似合い」って、周りがみんな騒ぎ立てていた記憶がある。

時々校内で見かけることもあったけれど、ふたりは本当にお似合いだった。

誰もが認めるベストカップル。

なのに……まさか、別れてしまったなんて。

私には関係ないことなのに、悲しそうに笑う三琴先輩を見て、なんだか私まで悲しくなってしまった。

「俺、完全に当て馬」

「……え」

「春、偶然に元カレと運命の再会をしたらしいんだよね。ふたりはそのままあの頃を懐《なつ》かしんでハッピーエンド」

「え？」

「ど？　笑えるっしょ。一年以上付き合ってたのに、呆気《あっけ》なく元カレに取られちゃうとか」

ああ、だからか。

だから〝同じ匂い〟を感じたのだと、彼の今の言葉を聞いて納得《なっとく》した。

「三琴先輩、これ、よかったら」

余っていた餃子をひと皿まるごと差し出す。

「え？　俺にくれんの？」

「足りないって言ってたので。私たち、もうお腹いっぱいで」

「いや、ありがたいけど……なんで、きみらこんなに餃子頼んでんの」

「やけ食いです。ぜんぶいけると思ってたんですけど無理でした」

「はい？」

「……私も振られたんです、今日」

同情ではない。

ただ本当に、〝当て馬〟が辛いことを身をもって体験したからこそ、餃子を食べて元気を出してもらえるならと思い立ち、差しあげようと思っただけだ。

「結ばれると思ってた幼馴染を、転校生の見知らぬ女にとられちゃいました」

「うわ、まじか」

「頑張《がんば》ったのに……っ、全然、私のことなんて見てくれなかった……っ！」

「え、ちょ、泣かないで。え、うん、けどわかる。俺も見知らぬ男に取られた」

「くそぉっ、ばかぁ、うあー……」

我慢していた涙があふれてきた。

もしかして、三琴先輩のお友達さん、急に泣き出した私を見てちょっと引いてるかもしれない。

隣に座るエナちゃん、「泣くな泣くな」と口の中に餃子を押し込んでくる。

しょっぱい涙と一緒に、口に詰め込まれた餃子をひたすら食べる。おいしいけれど、やっぱりもうお腹いっぱいだ。

三つ分の席を空《あ》けたところに座っていた三琴先輩。

ガタリと音を立てて、席を立った。

「辛いよなぁ……当て馬なんてくそくらえだっつの。な、ホント」

三琴先輩の手が頬に向かって伸びてくる。

「……っ」

彼の親指でグイっと涙を拭われる。

突然のことに声も出なかった。

「きみ、名前なに？」

「……ひ、紘菜」

「紘菜ちゃん」

「っ」

「紘菜ちゃん振ったやつ、もったいないわ。こんなに想ってくれてんのに」

「っ、せん、先輩も、ですっ」

「な。だよな。俺、結構イイ男なのに」

「うぅ……っ」

「当て馬も普通に幸せになりたいよなぁ……」

私から視線をはずした三琴先輩。その瞳はどこか遠い場所を見ている。

悲しそうに笑う三琴先輩の顔が、なぜだか脳裏《のうり》に焼きついて離《はな》れなかった。

ヒロインらしさ

「エナちゃん、おはよ……」

「え。やだ、そんな不幸そうなオーラの人の隣にいたくない。近寄《ちかよ》らないでー」

「ひどい……」

――翌日。

靴箱《くつばこ》で偶然に遭遇《そうぐう》したエナちゃんに、朝から冷たすぎる言葉を向けられ、私の不幸オーラは五倍増しになった。

傷心《しょうしん》の身の親友をそんな目で見ないで。

いくら昨日やけ食いしたからと言っても、なにかが変わるわけではなく、初恋が失恋に終わるのはホントに辛いことなんだよ。

わかって、エナちゃん。

「これから生きていける気がしないよ……」

「なに、もしかして朝から遭遇した？」

「当たりだけど人生的にはハズレ」

「笑いのセンスもハズレだよ、紘菜」

「もう、もっと優しくしてよぉ……」

相変わらず辛辣《しんらつ》で無機質《むきしつ》女子代表のエナちゃん。黒髪のストレートボブがとてもよく似合う。

私があこがれるべき、強いメンタルの女の子だ。

……ていうか、さっきのはウケを狙《ねら》ったつもりはない。

むしろ本気で、私の人生はハズレだと思ったから言っただけなんだけど。

私がこんなにも負のオーラをまとっている原因は、当然のことながら初恋相手の幼馴染にある。

翔斗に振られる依然に、〝幼馴染〟という立場を十分に理解したうえで、もっと強い覚悟《かくご》をして告白《こくはく》するべきだった。

幼馴染との恋が実《みの》らなかった場合の難点《なんてん》は、今思いつくだけで三つはある。

ひとつめ――親とも少し気まずくなってしまうこと。

あからさまに元気がなくなった私を見て察《さっ》したのか、お母さんは、「紘菜……あんたはかわいいから大丈夫よ、きっと」と、目覚めて三分の私にそんな言葉をかけてきた。

本当は昨日、私が家に帰った時から気づいていたのかもしれない。

泣き腫《は》らした目に知らないふりをしてくれていたと思っていた矢先、朝イチで親から傷をえぐられるのは結構ハードだ。

〝幼馴染〟というのは親同士も知り合いであるケースが多い。そして、お互いの子どものことをゴリ押しする傾向《けいこう》もある。

少し夢見がちな私のお母さんは、当たり前に翔斗と私が結婚すると思っていた。そしてその娘である私も、当然のことながらそう思っていたのだ。

「お母さんだったら紘菜一択《いったく》よ。顔もかわいいし」

「顔?」

「お母さんに似て、ね。もっと自信をもって、紘菜」

「えーと、うん。五〇近くのお母さんが自分のことかわいいって言ってるのを聞く娘の気持ちになって?」

たとえ顔がよくたって、一番振り向いて欲しかった人は私を好きになってくれなかった。

ふたつめ――家が近いこと。

私の家の三軒向こう隣に翔斗の家がある。方向的に、学校に向かう時には、翔斗はかならず私の家の前を通るわけで、だ。

翔斗が〝あの子〟のものになる前から昨日まで、毎朝一緒に登校していた私たちが意図《いと》せずとも同じ時間帯に家を出てしまうのは、ある意味必然《ひつぜん》なのだ。

「……あ、紘菜」

「……翔斗」

「……」

「……お、おはよ」

「……おう」

「あ、じゃあ、私はもう行くので、……サヨーナラ」

これが今朝《けさ》の会話。最悪な時間だった。

翔斗から逃げるように私は早歩きで学校に来た。

おかげでいつもより八分も早く学校に着いた。

三つめ――前と同じ〝幼馴染〟の関係には、もう戻れないということ。

今朝の会話ひとつを取ってもそうだった。

私は翔斗に振られた。

そして、翔斗には彼女ができた。

前と同じ距離感ではいられない。

当たり前に一緒に登校することも、当たり前に家に行って翔斗の部屋のベッドでお昼寝をすることも、当たり前に翔斗の横にいることも、――もう、ぜんぶできなくなった。

辛い。しんどい。ずっと心が泣いている。

「エナちゃん、私、今ならパフェ五人前食べれそう」

「昨日の餃子だって半分くらい無駄《むだ》にしたのによく言えたね、それ」

「昨日の記憶は消したよ」

「バカじゃん……しっかりしてよ、紘菜」

上靴《うわぐつ》に履き替え、呆《あき》れたようにため息を吐くエナちゃんと肩を並べて教室に向かう。

三年生が四階、三階が二年生、二階が一年生に、教室は配置されている。

若いとはいえ、毎日階段を登るのは辛い。

エレベーターとか欲しいなあって、毎朝思っている。

「ぜんぶ忘れて幸せになりたいよ……」

「そうね」

「あーあ。ここら辺に幸せ落ちてないかなぁ……」

「てか、昨日と言えば三琴先輩が――」

一階分の階段を登りきった時、エナちゃんの言葉が不自然に途切れた。

階段を登りきって見えた先には――春先輩の姿があった。

私たちは春先輩のことを目で追った。

「キレイ……」

「楚々《そそ》って感じ」

「ああ、わかる」

「え？　紘菜、〝楚々〟って意味わかんの？」

「エナちゃん、私のことバカにしすぎだよ。楚々ってさ、春先輩にピッタリだもん」

わかるよ、春先輩は〝楚々〟。

綺麗《きれい》で、清楚《せいそ》で、美しいさまを伝える言葉。

艶《つや》のある黒髪を片方だけ耳にかけていて、透《す》き通る白い肌《はだ》が映《ば》えている。

遠目《とおめ》で見てもわかる清潔《せいけつ》感。

さすがミスコンに出ているだけある。

春先輩の美しさは、今日もピカイチ。

あーあ。私も〝楚々とした女性〟だったら翔斗は振り向いてくれたのかな、なんて、そんなことを考えてしまう。

「三琴先輩だって、すっごいかっこいいのにね」

「イケメンだって完璧《かんぺき》じゃないんだね」

「ホント。振られてやけ食いってさぁ、三琴先輩と紘菜の思考回路《しこうかいろ》が一緒なの、面白《おもしろ》すぎるよね。いいネタじゃん」

「エナちゃん、やけ食いはネタじゃないよ」

昨日、ラーメン屋でばったり遭遇した三琴先輩。

失恋したばっかりで、私と同じく当て馬に属性《ぞくせい》している。

好きな人が、自分じゃない誰かのものになった可哀想《かわいそう》な人。

感情移入《かんじょういにゅう》しすぎて泣いてしまった私の頭を撫《な》でて、『幸せになりたいよなぁ』って、悲しそうに言っていた。

両想いは当たり前じゃない。

ふたつ分の片想いが奇跡《きせき》的に交わって、運命になる。

顔がよくたって、好きな人に振られるんじゃ意味がないんだ。好きな人に褒められないなら、どんなに綺麗な顔もいらない。

欲しいのは、好きな人からの「好き」だけだ。

三琴先輩と私は少し似ている。

食べ切れなくて困っていた餃子を食べてくれた。

……三琴先輩、食べすぎでお腹壊してないといいけどな。

「あれ、紘菜ちゃんだ」

お昼休み。食堂でエナちゃんとごはんを食べていると、偶然、三琴先輩とお友達さんに会った。

「奇遇《きぐう》だ。ね、ここ座っていい？」

「はい」

「つーか紘菜ちゃん、ラーメン好きだね」

私の隣に三琴先輩、エナちゃんの隣に先輩のお友達さん——寛太《かんた》先輩が座った。

カツカレーがのったトレイを持っている。

……今日はカレーの気分なんだ、先輩。

三琴先輩は、私が食べている味噌《みそ》ラーメンを見て笑うと、「俺は当分ラーメンはいらねえなー」と昨日を思い出すように言った。

……あぇぇ、ホントだ。無意識だった。

昨日あんなに食べたのに。餃子は思い出すだけでも胃《い》が重《おも》たくなるけれど、ラーメンは大丈夫だった。

モヤシとかキャベツとか、ソフト麺《めん》とか、ちゃっちい味が私は結構好きだ。

ちなみにこれは最上級の褒め言葉。

「三琴先輩、お腹は平気でしたか」

カツカレーを頬張《ほおば》る三琴先輩にそう聞くと、彼は口をもぐもぐさせながら首をブンブンと横に振った。

口の中にあったご飯を飲み込んで、ようやく「いやぁ」と呟く。

「お腹が痛すぎてトイレに籠《こも》ってた。遅刻《ちこく》はギリセーフだったけど」

「三琴はいつもそうなんだよなぁ。中学の時もさ、失恋してやけ食いして次の日に腹壊して学校休んでんの」

「えぇぇ……三琴先輩って結構か弱いんですね」

「ちょ、か弱いって言われたんだけど。寛ちゃん、余計なこと言うなよなぁ」

「ぜんぶホントのことだろ」と言う寛太先輩に、彼は「うるせー」と口をとがらせている。

「春とはクラスが違うんだから、まだお前は救われたよな」

「おい、普通に名前出すなよ……」

「選ばれたのはお前じゃねーんだよ。現実を見とけ？　な？」

「うーわ、辛辣……俺の痛みをわかってよ、寛ちゃん」

三琴先輩ってもしかして結構、雑魚《ざこ》キャラ？　ヘタレ気質？

イケメンなのにどこかもったいない人なんだなぁ。

……あと、『寛ちゃん』って呼び方、かわいい。

それから寛太先輩、エナちゃんと同じタイプだ。

過去の恋はさっさと忘れて前に進むスタイル。失恋の傷なんて関係ない。容赦《ようしゃ》なく現実を見せつけてくる。

その証拠《しょうこ》に、ふたりのやり取りを見たエナちゃんに「紘菜にも向けられてると思いな、あの言葉」と言われた。

〝選ばれたのはお前じゃねーんだよ〟のところだ。

わかってるから、悲しくなるから、何回も言わないで欲しい。

「いや、てか紘菜ちゃん」

「はい」

「紘菜ちゃんは平気《へいき》？」

ズルズルとラーメンを啜《すす》っていると、三琴先輩がそんなことを聞いてきた。

平気って、なにがですか。

「……お腹なら平気です」

餃子なら三琴先輩に食べてもらったから。

昨日食べた餃子の味と匂いは思い出すだけで吐き気《はけ》がしちゃうけど、お腹を壊したわけでも具合《ぐあい》が悪くなったわけでもないから平気だ。

——平気って、それとも、

「違う。心が、さ。死んでない？」

ラーメンを食べる手が止まった。箸《はし》で掴《つか》んでいた柔《やわ》らかい麺が、ずるずると汁《しる》の中へ帰っていく。

「……生きてると、思いますか？」

「思わない。俺も、ずっと死んでるから」

「じゃあ、聞かないでくださいよ……」

心なら昨日から死んだままだ。

今後生き返ることはあるんだろうか。前みたいに、翔斗の話を笑って誰かに話せる日が来るだろうか。

「紘菜ちゃん、今日なんか用事ある？」

「え？」

「今日の放課後。空いてない？」

重くなってしまった雰囲気を断ち切るように三琴先輩が言った。首を横に振ると、

「じゃあさ……」と彼は言葉を続ける。

「甘いの好き？」

「好きですけど……」

「失恋には甘い物が効くって言うじゃん？」

「そうでしたっけ」

「や、わかんないけど聞いたことない？　俺だけかなぁ……けど、まぁとにかく甘いやつ。一緒に食べにいこうよ。俺も、ひとりで食べるの虚しいしさ、紘菜ちゃんが来てくれたらうれしい」

急な展開《てんかい》。

昨日の今日で知り合った先輩からのお誘いなんて、これまでの私だったら断《ことわ》っていたと思う。

翔斗のことだけが好きだったから、ほかの男の子の影なんて微塵《みじん》も感じさせたくなかったんだ。

誤解《ごかい》なんて一回もさせたことがない、と思う。

ずっとずっと、翔斗のことしか考えてなかった。

……って、一途《いちず》すぎて気持ち悪いな、私。

けれど、もう翔斗のことはきっぱりと諦めなくちゃいけない。

私がどこで誰となにをしていようと、翔斗は微塵も気にしてないだろう。

悲しい。負《ふ》のループ。最悪。超消えたい。

ずっとこのままでいられないのも、ちゃんとわかってる。

前を向いて、翔斗なしでもちゃんと生きていかなくちゃ。

せっかくの高校生活を無駄になんてしない。

だから、こんな感情はぜんぶ、甘い物を食べて溶《と》かしてしまおう。

「……パフェ、五人前」

「いいね。じゃあ俺はパンケーキ五人前」

「パンケーキはキツくないですか?」

「パフェもキツいっしょ」

「私が食べ切れなかったら三琴先輩に食べてもらうので、パンケーキの数を減《へ》らしてください」

「ふは、それじゃあ紘菜ちゃんの独裁政権《どくさいせいけん》じゃん」

『ねぇエナちゃん。紘菜ちゃんって結構《けっこう》バカ？』

『寛太先輩……紘菜は多分、三琴先輩と同じ人種です』

『そんな気がした。このふたりのコンビ、推《お》していきたいかも』

『奇遇です。私もそう思ってました』

『同盟《どうめい》でも結ぶ？　失恋コンビをくっつけよう同盟』

『名前がダサいけど、……のりましょう』

私と三琴先輩を見たエナちゃんと寛太先輩がそんな会話をしていたことなんて、もちろん知る由《よし》もない。

「寛ちゃんとエナちゃんも来る？」と聞いた三琴先輩に、ふたりは「あー……」と声をもらした。

「いや、俺は用事あるからパス」

「同じくです」

エナちゃん、結構フッ軽《かる》だと思ってたんだけどな。用事ってなんだろう。

少し気になったけれど、来れないものは仕方《しかた》がないかぁ。

「じゃあ今日はふたりだな」

「ですね」

「放課後に下駄箱《げたばこ》集合とかでいいかな。あ、一応連絡先を交換しとこ」

「あ、はい」

スマートすぎてびっくりした。

もしかして三琴先輩ってこういうの結構慣《な》れてる？　彼女がいようがいまいが、イケメンだから女の子と連絡先を交換することなんて、日常茶飯事《にちじょうさはんじ》なのかな。

翔斗とお父さん以外の異性の連絡先をスマホに登録したのは初めてだった。

新しく友達に追加された《古賀三琴》の文字。アイコンは飼っているのか、かわいいネコの写真だった。

「てか、やば、昼休みもう終わる。寛ちゃん、次の授業なんだっけ」

「体育」

「は!?　それは先に言えよ！　ごめん、じゃあ紘菜ちゃんまた放課後。エナちゃんもまたね！」

食べ終えたカレーのお皿がのるトレイを持って、慌《あわ》てて席を立った三琴先輩。

はぁ……と寛太先輩がため息を吐いている。

五時間目の授業が体育なのに五分前まで食堂にいるのは、結構まずいと思う。

着替える時間もあるし、とりあえずふたりともドンマイです、とそんなことを思っていると。

「あ」

三琴先輩は思い出したように声をあげて、片手をブレザーのポケットに突っ込んでなにかを取り出した。

「紘菜ちゃん手、出して。放課後までさ、それで糖分《とうぶん》つないどきな」

言われるままに出した手のうえに、フルーツ飴《あめ》がふたつのせられる。モモ味とブドウ味だった。

「エナちゃんにも一個あげてね」

「せんぱ……」

「やべ、時間！　じゃあ、今度こそまた放課後！」

そう言ってパタパタと走っていってしまった先輩。エナちゃんが、「あれさ、体育の授業は絶対遅刻だよねー」と脱力気味《だつりょくぎみ》に言うので思わず笑ってしまった。エナちゃん、心配してるっていうか、多分面白がってる。

「私らも戻ろ」

「うん。エナちゃん、モモとブドウどっちがいい？」

「あ、私はいらない。さっき同盟結んだから」

「同盟？　なんの話？」

「こっちの話」

「よくわかんない」

「そのうちわかるんじゃない？」

「ふうん……」

エナちゃんって時々意味深《いみしん》なことを言う。全然理解できないので、深入りはしないことにしているけれど。

もらったモモ味の飴を口の中に放り込み、もうひとつはポケットに入れる。

午後の授業はあとふたつ。

パフェとパンケーキ、楽しみにしていよう。

口の中に広がるモモの優しい甘さは、なんとなく本当に失恋の傷に効いている気がした。

「エナちゃんにも来てほしかったぁ」

「今度ね。じゃあ、私は帰るから。気をつけて行ってきな」

「わかったぁ。バイバイ」

放課後。

そう言ってエナちゃんと下駄箱で別れ、帰っていく彼女の背中を見送ってスマホを開く。

一六時五分。

三琴先輩から連絡はとくに入っていない。

ホームルームが終わってすぐのこの時間の昇降口《しょうこうぐち》は、下校する生徒であふれかえっている。

下駄箱に寄りかかり、時々すれ違うクラスメイトに手を振りながら、先輩が来るのを待っていると、見たくもない〝彼〟の姿を見つけた。

目が合いそうだったので慌てて俯《うつむ》いてスマホに視線を戻した。

きっと気づかれていない。セーフだ。

ああ、やだやだ。

同じ学校って最悪だ。

翔斗のことを追いかけて同じ高校になんて入るべきじゃなかった。

翔斗がひとつ年上だったから、校内で会うリスクはそれだけでぐんと減ってはいるけれど、やっぱり顔を合わせるのは怖い。

昇降口は全学年同じ場所にあるし……これからしばらくは下校時間をずらすようにしよう。

翔斗の姿を見るたびに心がざわつくのは、いつまで続くのだろう。

こうやって毎回、彼の姿を見かけるたびに俯かないといけないのかな。

すぐに目をそらしたけれど、隣に彼女っぽい女の子がいたような気がする。

翔斗に好いてもらっているラッキーな女の子。

羨《うらや》ましくてしょうがない。

私の方がずっとずっと翔斗を見てきたのにな。

彼女がまだ知らない翔斗の秘密も、たくさん知ってる。

でも、そんなのなにひとつ必要なかった。

思い出も過去もなくたって、愛だけでふたりは結ばれた。

ずるい、くやしい、悲しい。

ああもう、油断《ゆだん》したら心が壊れてしまいそうだ。

……もう行ったかな。

目が合わなければいいんだけど……と、そんなことを思いながら再びそっと顔をあげる——と。

「紘菜ちゃん」

「ぎゃあ！」

突然現れた三琴先輩を見て、とんでもなく大きな声が出た。「声でか」と言いながら、三琴先輩が肩を揺らしながら笑っている。

笑いごとじゃないし……心臓が飛び出るかと思った。

「お待たせ」

「……いえ」

「紘菜ちゃん、ちょっと不機嫌《ふきげん》になってる？」

「どっきりは嫌いです」

「えー？　どっきりのつもりは全然なかった」

「ごめんね」ともう一度謝った三琴先輩がくしゃりと私の頭を撫でる。

優しい手つきに、ぎゅっと胸が締めつけられた。

まるでお兄ちゃんみたいだ。

「あーーお腹いっぱい」

「……あの、ごちそうさまです」

「ん。おいしかったねー」

学校の最寄り駅のすぐそばにあるお洒落なカフェを出た私たち。

冷静に考えて、この前みたいにパフェとパンケーキを五人前っていうのは現実的ではないこともわかっていたので、私と先輩はそれぞれひとつずつと飲み物を頼んだ。

パンケーキとパフェを半分ずつシェアして、「おいしいね」って言い合って、たわいない会話をして。

笑い話に変わることを祈るように、今はもう過去となったお互いの恋愛の話をした。

三琴先輩と春先輩の思い出の話。

どこが好きで、どこがかわいくて、なにが記憶に残っているか。振られた時のセリフは「もう一回あの人と恋をしたいと思った」だったことまで話してくれた。

もちろん、『あの人』というのは春先輩の元カレさんのこと。もう一度恋をしたいと思えるほど、春先輩は元カレさんのことが好きだったということか。

ひどい話だと思う。

三琴先輩は、これから先も春先輩と恋をするつもりでいたのに。

春先輩の自分勝手な理由で、三琴先輩は悲しんでいる。

散々《さんざん》時間をともにしたのだから、文句のひとつくらい言ってもいいのに、私に話している間、三琴先輩は一度も春先輩のことを悪く言わなかった。

「俺じゃダメだったんだなー」と弱々しく笑う彼の顔を見ていたら苦しくなって、私は逃げるようにパフェを頬張った。

私と翔斗の思い出の話を、三琴先輩はたくさんうなずきながら聞いてくれた。

偶然にも、三琴先輩は翔斗と同じクラスらしい。

〝転校生〟の彼女といえば、思い当たる節《ふし》があったのか、「ああ……」と納得したように相槌《あいづち》を打った。

「……でも、もう忘れます」

「ん。俺も忘れる」

「お互いに頑張りましょうね」

「だなー、ホント」

そう言って笑い合って、テーブルのうえの糖分《とうぶん》をすべて平《たい》らげてカフェを出た。

お会計の時、自分の分のお金を払おうとしたら、「誘ったの俺だからいいよ」と受け取ってはくれず、三琴先輩がまとめて支払いをしてくれた。

三琴先輩は、ちゃんと〝先輩〟って感じがする。

翔斗と同い年なのに、翔斗よりもずっと大人《おとな》びて見えるのはどうしてなのだろう。

三琴先輩だって私と同じように振られて辛いはずなのに、そう感じさせないくらい、私の心をいたわってくれる。

スマートで、優しくて、いい人。

春先輩、こんなにいい人を振ってしまうなんて……本当にもったいない。

「紘菜ちゃん歩き？」

お店を出てすぐ、三琴先輩がそう聞いてきた。

「送ってくよ」とつけ足され、「え」と声をもらす。

七月も後半に差しかかっている。

夕方とはいっても、空はまだまだ明るいのだ。家はここからさほど遠いところにあるわけでもないし、ひとりでも平気だ。

その旨を伝えると、三琴先輩は微笑んで「なんで？」と言った。

なんでって……なぜだ。

「俺も男だし。女の子をひとりで帰らせることはしないよ」

この優しさが、春先輩と付き合っていた時は彼女にだけ向けていたものだということは、なんとなくわかる。

けれど、別れた今、その優しさは不特定多数の女の子に向けられてしまうのだろうか。加えてミスターコンに出るほどの整《ととの》った顔だ。

このイケメンの優しさに触れたら、きっと誰しもが好きになってしまうではないか。

三琴先輩のことを好きな人なんて軽く十人はいる気がする。

次こそは、三琴先輩のことを大事にしてくれる人と出会ってほしい。

春先輩との記憶を上書きしてくれる素敵《すてき》な人と恋をしてほしい。

「……三琴先輩の世界では、三琴先輩がヒーローですよ」

「え?」

「絶対に大丈夫です。三琴先輩は幸せになれます」

まだ知り合って二日だけど、なんとなく、彼の幸せを願わずにはいられなかった。

「ふ、よくわかんないけど、ありがと」

「いえ」

「紘菜ちゃんもヒロインになれるよ、絶対」

「そうですかね……私にはヒロインらしさがひとつもないです」

「そんなことねーよ。俺が保証《ほしょう》する」

「……そうですか」

「ん。送ってくから帰ろっか」

「……あ、……送られます」

「ん、素直にそうしてくれると助かる」

三琴先輩は、やっぱり優しい。

「あの、送ってくれて、ありがとうございました」

「いーえ。楽しかった、ありがとね」

結局しっかり家まで送り届けてもらった私。

玄関先でそんな会話をし、「じゃあ、また学校で」と言って三琴先輩が踵《きびす》を返す。

「……え、三琴？」

──そんな声が聞こえたのは、その直後のことだった。

「なんで、お前が紘菜と……」

「……おー、翔斗」

三琴先輩に送ってもらってよかった、と本気で思った。ひとりだったら今朝みたいにあからさまに避けて、感じ悪い態度《たいど》をとってしまっていたことだろう。

ぎゅっと拳《こぶし》を握りしめ、なるべく視界に翔斗を入れないように目をそらす。

「紘菜と知り合いだったなんて聞いてねえんだけど」

「俺もお前と紘菜ちゃんが知り合いだったなんて、知らなかったよ」

「あー、うん、……幼馴染だから」

ぐさり。

昨日の今日で、彼の口から〝幼馴染〟というワードを聞くのは苦しい。

いくら視界に入れないようにしていたって、声が聞こえてきてしまうのは仕方のないこと。

けれど、大好きだった彼の声で放《はな》たれる言葉の中に、私を幸せにしてくれるものはひとつもない。

「……お前、春がいるだろ。紘菜にちょっかいかけんのやめろよ」

「あー、春とは別れたけど」

「……はあ？」

「別れたから彼女いないよ、今」

春先輩と別れたことは、三年生の中でまだ浸透《しんとう》はしていないみたいだ。昨日の今日だしそれもそうか、とすぐに納得する。

恐る恐る顔を上げると、バチッと翔斗と目が合った。

「逆にお前は彼女ができたらしいね、おめでと」

「なんでそれ……」

「紘菜ちゃんから聞いた」

三琴先輩の言葉に、翔斗が気まずそうに私から目をそらす。

そんなあからさまに困った顔しないでほしい。

泣きたいのはこっちだと、昨日からもう百回は思った。

「別れたばっかかなら、なおさらなんだけど。三琴の失恋に紘菜を巻《ま》き込むなよ」

「なんの話？」

「……紘菜は男慣れしてないんだよ。優しくされたら流されてすぐ好きになるから。慰《なぐさ》めてほしいとかなら、紘菜じゃない女に当たれよ」

ああ、ホント、最悪だ。

私が翔斗に告白したことは迷惑としか言えないものだったのかもしれない。

『俺が優しくしてたから、好きになっちゃったんだよな』と、まるでそう言われているように聞こえてしまった。

男慣れしてないから。単純な女だから。

ただの幼馴染でいられなくてごめんね、勝手に好きになってごめんね、迷惑かけてごめんね。

好きになりたくてなったわけじゃなかったの。

でも、ちゃんと恋だったの。

今の私からは謝罪《しゃざい》の言葉しか出てこない。

だけど、それらはぜんぶ言葉にできなくて、代わりに視界がどんどんぼやけていく。

「……っ」

被害妄想《ひがいもうそう》かもしれない。

めんどくさい女って思われているかもしれない。

それでも今、この瞬間で、翔斗への気持ちをぜんぶ否定された気分だった。

もうダメだ。

会いたくない。顔も見たくない。

好きだった過去を丸ごと忘れてしまいたい。

「翔斗さー、それ自惚《うぬぼ》れすぎじゃねえ？」

「……は？」
生《なま》ぬるい雫《しずく》が目尻からあふれた時、三琴先輩が低い声で言った。
振り向いて私の頭を撫でた大きな手と、なんの保証もないけど「大丈夫」と言った
その声だけが、私の味方《みかた》のような気がした。
「紘菜ちゃんが翔斗のことを好きだったのは流されたからでも、幼馴染だからでも
ねーよ。紘菜ちゃんの言った『好き』の重みもわかんないくせに、自惚れすぎだっ
つってんの」
「な……」
「あと、遊びでも身代わりでもないから。俺の意思で紘菜ちゃんのこと知りたいって
思ったんだよ。〝ただの〟幼馴染のお前に口出しされる筋合《すじあ》いはねーよ」
俯いていた私には、その言葉を翔斗がどんな顔をして聞いていたのかわからない。
ただ、三琴先輩が私のために怒ってくれていたのだということだけは、なんとなく
わかった。
「……勝手にしろよ」
多分、その声が完全なる終わりの合図《あいず》だった。

遠ざかっていく足音を聞きながら、頬をつたう涙を拭う。

きっともう幼馴染でもいられない。翔斗と私が目を合わせて話すことは、きっとこの先もない。

悲しいけれど、不思議《ふしぎ》とスッキリしている自分もいる。

三琴先輩のおかげ、だろうか。

「紘菜ちゃん、平気？」

その声に顔をあげると、三琴先輩の親指でぐいっと涙を拭われた。

『紘菜ちゃんの言った「好き」の重みもわかんないくせに、自惚れすぎだっつってんの』

『〝ただの〟幼馴染のお前に口出しされる筋合いはねーよ』

三琴先輩が言ってくれた言葉が脳内でリピートされる。

「み、こと先輩……」

「うん」

三琴先輩が、私の「好き」を肯定《こうてい》してくれたから。

三琴先輩が、私の痛みをわかってくれたから。

「……ありがと、ございます……」

「ん、なんも」

「……うれしかったです」

「……そ？　こんなことがうれしいなんて、変わってるね、紘菜ちゃん」

翔斗と完全にさよならをしたことの悲しさよりも、先輩が私のために怒ってくれたことのうれしさが勝っている。

三琴先輩と知り合えてよかった。

一緒においしいものを食べることができてよかった。

──俺の意思で紘菜ちゃんのこと知りたいって思ったんだよ。

私も、三琴先輩のこと、もっと知りたいです。

「……また、一緒に甘いの食べに行ってくれますか」

「ふ、うん。行こう」

「……かき氷とか」

「夏だし、いいかもね」

「……あの、また連絡してもいいですか」

「ん、もちろんいいよ。俺もするよ、毎日暇《ひま》だし」
恋でできた傷は、恋でしか癒《いや》せない、好きな人でしか埋《う》められないことがある、と
なにかの本で読んだ。
翔斗でできた傷を癒してくれるのが三琴先輩であったらいいな。
ぽっかり空いた穴《あな》が三琴先輩の優しさであふれたらいいな。
そんなことを思うのは、夏休み前の夕暮れ時のこと。
好き〝だった〟人のために流した涙は、いつの間にかすっかり渇《かわ》いていた。

恋とは呼ばずに

「で、どうだった？」

そのまた翌日、学校にて。

教室に着くと、うしろの席に座るエナちゃんは表情を変えないまま、机に頬杖《ほおづえ》をついて「詳《くわ》しく教えてよ」とつけ足した。

面白がっているというより、ただ単純に私の報告を待っている感じだ。

かばんを下ろし、がたりと椅子を引く。

エナちゃんの方に上半身を向け、私は「楽しかったー」と、特別な感情を含まない声音《こわね》で昨日の放課後のことを伝えた。

「パンケーキおいしかったよ。パフェも」

「へえー。よかったじゃん」

「あ、あと家まで送ってもらった」

「へえー。いいね」

「ねえエナちゃん、ホントにこの話に興味《きょうみ》ある？」

「あるある。紘菜の新しい恋の行方《ゆくえ》、気になるじゃん」

ホントかなぁ。

エナちゃん、いつも声に感情がこもっていないから、真意《しんい》がわからなくて時々困る。

それに、新しい恋って……三琴先輩はそういうのじゃないのに。

「三琴先輩、本気で狙っちゃえば？　似た境遇の者同士、絶対うまくいくでしょ」

「面白がって言わないでよぉ……」

「わりと本気なのに」

「それでまたうまくいかなかった時、私を慰めるのはエナちゃんなんだよ」

ぶーっと口をとがらせてそう言うと、エナちゃんは「それはヤダなぁ」と小さく笑っていた。

三琴先輩は優しい人だ。

もっと仲良くなりたいとも思うし、知りたいとも思っている。

昨日は本当に楽しかったし、翔斗からの心ない言葉も、三琴先輩のおかげであまり引きずっていない。

けれど、これをすぐ〝恋〟に発展させるのは、いかがなものだろうか。

昨日は三琴先輩がいたから傷を最小限でおさえられただけで、この先また翔斗と遭遇した時や翔斗が彼女と一緒にいるところを見かけた時に、今回みたいに三琴先輩がそばにいてくれるとは限らない。

完全に吹っ切れたとは言えない状態で、三琴先輩にこの傷を癒してもらえたらいいなと思ったのも事実だ。

答えはなんとなくわかっているけれど、自分の答えに自信がもてていないから、もう少し見直しをする時間がほしい。

私は今、そんな思考で揺らいでいる。

——それに。

「そもそも三琴先輩、……まだ余裕《よゆう》で春先輩のこと好きだと思う」

「まあ、それはそうだろうね」

なんだ、エナちゃんもわかっていたみたいだ。

私は翔斗が好きだった。

今は無理だけど、近いうちに翔斗に恋をしていた時間を忘れられるように前へ進んで生きていきたいと思う。

三琴先輩は春先輩のことが好きだった。

――いや、過去形にするには、きっとまだ早い。

文句《もんく》が出てこないくらい、文句を言えないくらい、春先輩のことが好きなんだ。

私みたいに単純な人じゃない。

私じゃ癒せない傷がある。

その事実が、少しだけ悲しかったことは、まだ誰にも言わない。

「まあでも、今まで翔斗くんとすごしていた時間を違う誰かに移すのは悪いことじゃないよ。次の恋に進むいい機会っていうかさ。それは三琴先輩も同じだと思う」

「……そうかなあ」

「昨日だって、三琴先輩の意思で紘菜のこと誘ってくれたんだし。恋愛対象どうのこうのは置いといても、感情を共有できる異性がいたっていいんじゃないかなぁ」

痛いとか、悲しいとか、辛いとか。

三琴先輩と私は、お互いのその気持ちを知っている。

そんな似た境遇にいる者同士の私たちが、慰め合っているのは悪いことではない、らしい。

やっぱりエナちゃんは私の自慢《じまん》の親友だ。

彼女の言葉で、抱えていたもやもやが少しだけ晴れたような気がする。

「ありがと、エナちゃん」

「いいよ。ついでにチョコあげる」

「えー優しい。明日は雪でも降りそうだね」

「ちょっと紘菜、私をなんだと思ってるの」

「血《ち》と涙《なみだ》が微量《びりょう》の無機質女子」

「微量、ね。あながち外れてもないね」

その直後、予鈴《よれい》がなって担任の青島《あおしま》先生が入ってきたので、私とエナちゃんの会話は遮《さえぎ》られてしまった。

もらったチョコを口の中に放り込み、広がる甘さを噛みしめる。

いい友達と、いい先輩。

好きな人がいない世界でも、私はちゃんと笑って生きていける。

「大槻さんさ、今度遊びに行こーよ」

夏休み某日。

家の最寄《もよ》り駅の近くにあるコンビニでバイトをしている私は、同期の真渡《まわたり》くんから遊びに誘われていた。

高校生なので、法律《ほうりつ》に基《もと》づいて私と真渡くんのあがる時間は二二時になっている。

真渡くんは隣町の高校に通う同い年のバイトくん。

明るめのブラウンに染《そ》められた髪の毛はワックスで軽く遊ばれていて、耳にはピアスの穴がひとつずつ開けられている。

見た目だけで言ったら、ただただ「モテそうな男の子だな」で、彼の口から放《はな》たれる言葉は軽いものばかり。

総合的に見て、真渡くんはただのチャラい人である。

「忙しいから」

「バイト終わりとかでもいいんだけど」

「お金ないし」

「夏休み中ほぼ毎日シフト入ってるくせに？　つーかべつにそこはおごるし」

「人におごられるのはちょっと」

「ガードかたいなあ、ホント」

真渡くんがチャラいので通常の一・五倍増《ま》しになっているかもしれないけれど、それでも私の男の子に対してのガードのかたさは昔からだ。

翔斗以外に振りまける愛想《あいそ》はない――って、ダメダメ。

なにを考えてるんだ私は。

すぐに翔斗に結びつけるのは、いい加減《かげん》やめにするって決めたのに。

夏休みに入ってからは、基本的にこのコンビニでほとんどをすごしていた。

高校二年生で、夏休みに友達と遊びもせずに好んでバイトばかりをしてすごしているのは、私くらいだろうか。

エナちゃん以外にあまり友達がいないので、遊ぶ約束《やくそく》をしている人がいないということもある。

けれど、ふとした時に翔斗といた日々を思い返して苦しくなるのもいやだから、だったらバイトをして意識を仕事に集中させていた方が、お金も稼《かせ》げて一石二鳥《いっせきにちょう》だと思ったのだ。

真渡くんは私ほどシフトに入っているわけではないが、なにやら欲しいゲームがあるとかなんとかで、夏休み中は必然的に会う機会が増えていた。

べつに真渡くんのことが嫌いなわけではない。

イケメンだし、話もうまい。

けれど、会うたびに遊びに誘ってくるのだけはやめてほしい、というだけだ。

「ていうか、真渡くん仕事《しごと》してくれる？」

「客いないし。それに俺らもうすぐあがりじゃん。急ぎの仕事ないでしょ」

「そうだけど……」

ただいまの時刻は二一時五〇分。

あと十分もすれば夜勤《やきん》の人がやってくる。

とはいえ、残りの数分を真渡くんとのおしゃべりに使うのもなんだか気が引けたので、トイレ掃除《そうじ》でもしてくるかぁ……と、レジを離れようとした時、ウィーンと静かに自動ドアが開き、入店音が鳴った。

「いらっしゃいま……」

「あれ。紘菜ちゃん」

「やっほ」とかるく右手をあげて微笑《ほほえ》んだ彼――三琴先輩。

Tシャツに、白のラインが入ったスウェットを履いている。あきらかにオフモードの彼はにこにこしながらレジにやってきた。

隣にいた真渡くんが誰？　と言いたげな目を向けている。

「紘菜ちゃん、ここでバイトしてたんだ」

「……家が近いので」

「ああ、確かに」

「三琴先輩はどうして……」

「友達の家がここらへんでさ、泊《と》まり込みで勉強会してたんだよね。じゃんけんで負けたから買い出しに来た」

「……そ、ですか」

ひさしぶりに会った三琴先輩に、なぜかドキドキと脈《みゃく》が速くなった。

夏休みに入ってから三琴先輩とは一回も会っていなかった。

それもそのはず、三琴先輩と私は偶然に知り合った成り行《ゆ》きで、一度だけ一緒に遊んだだけの関係。

また甘い物を食べに行こう、という話をしたものの、こういう約束は実現されることのないまま放置《ほうち》されがちなこともなんとなくわかっていた。

いわゆる社交辞令っていうやつだ。

だから、私から連絡をすることもなかった。

三琴先輩の方からもなんの音沙汰《おとさた》もなかったので、きっと同じような感覚だったのだと思う。

だから彼にドキドキしている私は――少し変だ。

なにより、三琴先輩は受験生。

先輩は優しいから、遊びに誘ったらきっと来てくれるだろうけれど、勉強に支障《ししょう》が出たら悪いな……と思っていたのである。

泊まり込みで勉強をしていたと聞き、やっぱりなにも連絡しなくてよかった、と内心ほっとした。

「紘菜ちゃん、何時あがり？」

「二二時です」

「じゃあ、待っててもいい？　せっかく久々に会ったし、息抜《いきぬ》きがてら家まで送ってくよ」

やっぱりスマートだ。

なにひとつ違和感《いわかん》のない誘い方。

断る理由はどこにもない――いや、理由があったとしても、私が三琴先輩の誘いを断ることは、この先もないような気もしている。

ひさしぶりに会ったしいろいろ話をしたいけれど、送ってもらうのはやっぱり申し訳ないし……。

なんて答えたらいいのかな、と一瞬だけ考える。

「ダメ？」と首をかしげる三琴先輩に、慌てて首を横に振った。

「……わ、わかりました」

「ん。じゃあ俺も買い出しすませちゃうからまたあとで。あ、つーかなんか残ってた仕事あった？　ごめん、俺が話しかけたせいで……」

「……大丈夫です」

——どうせ、あと十分であがりなので。

ついさっき真渡くんに言われて呆れた言葉を、私が三琴先輩に言うなんて思っていなかった。

隣で「なるほどね？」と小さく呟《つぶや》いていた真渡くんには、あえて気づかないふりをする。

「そっか。あと少し頑張って」

「ありがとうございます」

そう言って三琴先輩はお菓子コーナーの方に行ってしまった。

バイト漬けの日々にこんなプチサプライズがあるとは思わなかった。三琴先輩に会ってから、心なしか自分のテンションがあがったような気がする。

「大槻さん、今の……」

「私、トイレ掃除してきます」

真渡くんの言葉を遮るように言うと、彼は、はっと笑ったあと、「りょうかーい」と間延《まの》びした返事をした。

……タイムカードを押したら、真渡くんに余計な詮索《せんさく》をされる前に着替えてお店を出ないと。

「三琴先輩」

二三時五分。

タイムカードを押して秒速《びょうそく》で着替えた私は、急いでお店を出て、郵便ポストの横で棒《ぼう》アイスを食べる彼の名前を呼んだ。

私の声に反応してこちらを振り向いた三琴先輩は、「おつかれー」と言って微笑む。

柔らかい雰囲気《ふんいき》に、バイトの疲れが一瞬で吹き飛んだような気がした。

「帰ろっか」

「はい」

前にカフェに一緒に行った時に家まで送ってもらったからか、道は覚えてくれているみたいだ。

当たり前のように、私の家に向かう道を進む三琴先輩のあとに続いていると、「紘菜ちゃん」と名前を呼ばれた。

「うしろじゃなくて隣を歩いてほしい。ついてきてるか不安だからさ」

夜の澄《す》んだ空気に、三琴先輩の柔らかい声が浸透する。

「……あ、わかりました」

「つーか、紘菜ちゃん、もしかしてバイトがある時、いつもこの時間にひとりで歩いて帰ってる？」

「はい」

「えー、普通に結構あぶねーよ？　それ」

促《うなが》されるままに隣に移動し、まるで保護者みたいなことを言う先輩の言葉に耳をかたむける。

家に続く道は、暗いとはいえ街灯はちゃんとついているから、特別に危険性が高いわけでもない。

優しいから心配してくれているんだなあ……。

「紘菜ちゃんかわいいんだし、危険はなるべく切り離していかないと悪い人につかまるよ」

その言葉に、思わず「え……」と声をもらす。

「なに、その顔」

「え、いや、今かわいいって……」

「うん。紘菜ちゃんかわいいでしょ」

「いやいや、先輩なに言ってるんですか、勉強のしすぎですよ」

「俺、なんか変なこと言った？　紘菜ちゃんこそバイトのしすぎじゃねえ？」

変だよ。

変なことしか言ってないよ、先輩。

かわいいなんて、翔斗は一回だって言ってくれなかった。私のことかわいいって言ってくれるのは、お母さんと時々エナちゃんくらいだ。

「三琴先輩、もしかしてコンタクトが入ってないとかですか」

「いや、そもそも俺、裸眼《らがん》だし両目とも二・〇あるよ」

「……じゃあ、多分視力が急激に下がったかなにかだと思うので、今すぐ腕のいい眼科に――」

行ってください。

そう言おうとした口は、アイスによって封じられてしまった。

ひんやりとした氷の感覚が唇を伝ったので、冷気に耐《た》えられずパクッとアイスをかじれば、ソーダ味が口の中に広がった。

「ど、うまい？」

「……うまいです」

「やっぱ夏はアイスに限るよなー」

「み、こと先輩」

「紘菜ちゃん、やっぱ疲れてんだよ。さっきからなに言ってるかわかんなかったし」

私の口から解放されたアイスを頬張った三琴先輩。さりげない間接《かんせつ》キスに、心臓が大きく音を立てた。

なに言ってるかわかんないって……私は三琴先輩のほうがなに言ってるかわからなかったのに。

三琴先輩がなにを考えているのか、全然わかんないよ。

「……受験生、大変そうですよね」

間接キスを意識してドキドキしていることがバレないように、なんとか違う話題を持ち出す。

「んー」と唸《うな》った先輩が、残りのアイスを口に入れた。

顔をしかめている。多分、一気に食べたから頭がキーンってなっているのだと思う。

……ちょっとかわいい、と思ったのは言わないでおいた。

「俺、推薦《すいせん》入学だから秋にはもう大学が決まるんだよね。面接練習とかの方がだるいかも」

「……そうなんですね」

「まあ、勉強はもともとすげー好きってわけでも嫌いってわけでもないから、めちゃくちゃ苦痛《くつう》ってことはないなー」

なるほど、察《さっ》するに三琴先輩は多分、頭がよいのだと思う。

勉強が好きでも嫌いでもないって……それは授業の内容をちゃんと理解できているからだろう。

私は遺伝子《いでんし》レベルのバカなので、テスト直前はいつもエナちゃんに助けてもらっている。

顔よし、中身よし、頭脳よし。

そんな完璧な先輩が失恋に悩んでいる世界って、もしかしなくても、やはり結構変だと思う。

「あー、夏っぽいことしたい」

唐突《とうとつ》に、三琴先輩はそんなことを言いだした。

「アイス食べてましたよね」

「アイスは年中食べれるじゃん。受験を理由にして青春を潰《つぶ》したくもないんだよなぁ」

「えー、じゃあ花火とかですか？」

「そうそう。てか花火と言えば、来週花火大会あるよね。紘菜ちゃんは誰かと一緒に行くの？」

花火大会は毎年、翔斗と行っていた。

翔斗のために浴衣《ゆかた》を着て、髪形《かみがた》も凝《こ》って、下駄が痛いのも我慢《がまん》して〝最高にかわいい私〟をつくりあげていた。

翔斗は、今年はきっと彼女と行く約束をしているのだろう。想像すると、少しだけ胸が痛んだ。

「……行く予定はないです」

「エナちゃんとも？」

「エナちゃんは人混みが嫌いなので……多分誘っても断られます」

三琴先輩は誰かと行くのだろうか。

寛太先輩とかかな。

いや、春先輩と別れた今、先輩のことを狙っている女の子はたくさんいるだろうし、そのうちの誰かともうすでに行く予定があるのかも。

――って、思ってたんだけど。

「じゃあ、俺と行こ」

「……はい？」

「俺も行く人いないから。お互い勉強とバイトの息抜きに、どう？」

どうやら空耳《そらみみ》ではないらしい。

「紘菜ちゃんとなら楽しめそうだし」と、これまた訳のわからない日本語をつけ加えた三琴先輩に、私は目をぱちぱちさせて彼を見つめることしかできない。

こんな展開になるなんて想像していなかった。

イケメンと名高い三琴先輩と平凡《へいぼん》代表の私が、花火大会にふたりで一緒に行く約束をしている。

いや、カフェに一緒に行った時点でありえない話だったのかもしれないけれど、あの時はお互い失恋の傷を癒すためという目的があった。

——では、今はどうだろうか。

三琴先輩は春先輩の代わりを探していて、私は翔斗の代わりを探している？

高三の三琴先輩は受験を理由に青春を潰したくなくて、夏っぽいことをしたいと言っていた。

私は、翔斗と行くことができないからといって、今年の花火大会に行く予定はもともとなかった。

「紘菜ちゃん、聞いてる？」

「きっ、聞いてます」

「紘菜ちゃん都合つかないなら、遠慮《えんりょ》せず断っていーよ。俺もその時は寛ちゃんと俺ん家の庭で花火すればいいし。男ふたりだけでの花火大会はさ、寛ちゃんがやっぱり女の子と一緒がよかったとか言いそーじゃん？」

三琴先輩が笑っている。

これはただの埋め合わせ？

同じ傷の慰め合い？

一概《いちがい》にそう思えないのは、そう思いたくないのは……。

「……行きましょう、花火大会」

「お、まじ？」

「……三琴先輩と一緒に行ったら楽しそうなので」

「絶対、楽しーよ。俺、射的《しゃてき》うまいもん」

「期待してます」

三琴先輩にまた会えるのが純粋にうれしかったから、かもしれない。

「じゃあ、時間とかはまた連絡する」

「わかりました。送ってくださってありがとうございます」

「ん。また来週ね、紘菜ちゃん」

「……はい」

琴先輩とはそんな会話をして別れた。

家に着き、いつもの日課《にっか》でベッドにダイブする。

リビングから「ごはんはー?」というお母さんの声が聞こえてきたけれど、今の私は正直、空腹《くうふく》よりも胸の高鳴りが勝っていたので、「お風呂《ふろ》あがったら食べるー」と返事をした。

ちなみに、時刻はすでに二二時半を回っていたので深夜帯《しんやたい》のごはんは、かなり不健康である。

三琴先輩と花火大会……。

翔斗じゃない男の子と行くのも、誘われたのも、ぜんぶ初めてだ。

——三琴先輩のことを意識せずにはいられない。

そんな自分がいることを自覚してしまい、ベットの上でひとり悶《もだ》えたのは、窓の外で鳴くセミが寝静《ねしず》まらない夜のことだった。

ないものねだり

「じゃあね紘菜、バイト頑張って」

「エナちゃんもカラオケ店員なりきり、頑張って」

「なりきりじゃなくて本物だから」

「ね、お客さんに巻き込まれて歌うこととかある？」

「あっても断ってる」

「だよね、エナちゃん音痴《おんち》だっ……」

「紘菜？」

「うぎゃあ！　ごめんってエナちゃん！　優しくしてぇ！」

エナちゃんとウインドウ・ショッピングをした帰り道のこと。

お互いのバイト先に向かう途中で、うっかり口が滑《すべ》った私の頬をエナちゃんがむぎゅうっと挟《はさ》んだ。

これをやってくれるのがイケメンだったら、胸きゅんとやらが体験できるのかなー。

なんて、そんなことを頭の片隅《かたすみ》で思いながらも、頬がつぶれてしまいそうな痛さを感じ、「ごめんねエナちゃん、う、嘘だよう」と半泣きで言う。

エナちゃんは呆れて笑いながら頬から手を離してくれた。

実はエナちゃんは歌うのがあまりうまくない。

彼女が音痴だと知っているのは友達の中で私くらいだと、随分《ずいぶん》と前にエナちゃんが教えてくれた。

私に教えてくれたのは、「もしこの先、同窓会や大勢《おおぜい》での集まりでカラオケに行くことになったら、どうにかして私からマイクを遠ざけてほしい」かららしい。

ある意味、利用されているけれど、エナちゃんの秘密を知っているのが私だけだという事実も、素直にうれしかった。

私は彼女のことを信頼しているし、彼女も私のことを頼ってくれている。

だから、こうやって今も良好な関係を築《きず》けているんだなぁ、と時々噛みしめてうれしくなるのだった。

ちなみに、エナちゃんのバイト先は、私がはたらくコンビニから歩いて五分のところにあるカラオケ店。

音痴なエナちゃんがカラオケ店をバイト先に選んだ理由は、従業員割引《じゅうぎょういんわりびき》がきくからしい。

時々ひとりカラオケに行って音痴をなおそうとしているとかで、その話を聞いた時はさすがに笑ってしまった。

エナちゃんは、血も涙も微量。

だけど、こんな風にかわいいところもけっこうある。

「はあ、もう。ホント私、もう行くから」

「うげー、エナちゃんのせいでチークが取れた」

「そもそもそうなったのは誰のせいよ」

「私でえす……」

そんなやり取りをしてエナちゃんと別れ、私は右手に持った大きな紙袋《かみぶくろ》を揺らしながらバイト先に向かう。

今日の流れとしては、私もエナちゃんも偶然一七時からのシフトになっていて、それまで買い物に行こうということになったのだった。

目的は、明後日《あさって》に控えた花火大会の準備——新しい浴衣《ゆかた》を買いに行くこと。

三琴先輩と一緒に行くことになった経緯《けいい》を伝えると、エナちゃんはにやにやしながら「恋だね」と言ってきた。

エナちゃん、恋とか愛とかあんまり興味なさそうだったのに……というか、翔斗のことが好きだと打ち明けた時もそんなに協力してこなかったのに。

三琴先輩との進展《しんてん》はやけに気にしてくるのは一体どういう風の吹き回しなのだろう。

まあ、いいけど。

「花火大会、報告よろしくね」と言われているので、夏休み中にあと一回は確実にエナちゃんとは会うことになるだろう。

バイトの予定しかない私にとっては、かなりありがたい約束だ。

報告といっても、三琴先輩と付き合うことになるとか、そんな急展開は期待できないし、それ以前に私は先輩のことを意識してはいるものの、好きにはなっていないんだけれど……。

なにはともあれ、花火大会が待ち遠しいということだけは確かに抱いた感情だった。

「大槻さんさ、あの男の人のこと好きなんでしょ」

「なんのこと？」

「この間《あいだ》来てた人のこと。送ってもらってた人、あれ学校の先輩？　かっこいいよね、彼氏？」

「違うよ」

「えー、でも俺に対しての態度と全然違ってたし」

「真渡くんと先輩を対等に見るのはさすがに難しいんだけど」

「めちゃくちゃけなすじゃん！　辛い！」

二〇時を回った頃。

三琴先輩と偶然遭遇した日ぶり——実質五日ぶりくらいにシフトがかぶった真渡くんは、私と先輩の関係性になぜかとても興味があるらしく、「ねえねえ大槻さん〜」としつこいくらいに話しかけてきた。

遊びに誘われるのも面倒《めんどう》ではあるけれど、この手の話を問われ続けるのもかなり面倒だ。

総じて真渡くんと話すことを一度やめたい、そんな気分である。

「紘菜ちゃんって呼ばれてたよね。大槻さん下の名前は紘菜っていうんだ」

「今まで知らなかったの?」

「知らなかった。でも大槻さんも俺の下の名前知らないでしょ」

「うん」

「お互いさまじゃんか。ちなみに駿《しゅん》ね、俺の名前」

「ふうん。今後も真渡くんって呼ぶけど」

「ブレなさすぎてすげえわ、大槻さん」

仕事中なのに、この男は今日もよく話しかけてくるなぁ。

話すこと自体が苦なわけではないけれど、そろそろトイレ掃除という名の逃げに走ろうかな。

「あ、じゃあ私はそろそろ」

「トイレ掃除? まじでもう、大槻さんの逃げ方がわかってきたんだけ……」

「あ」

自動ドアが開き、お客さんがふたり入ってきた。

反射的《はんしゃ》に「いらっしゃいませー」と言い、強制的に真渡くんとの会話を切る。

三琴先輩の時といい、トイレ掃除に行こうとするタイミングでお客さんが来るのはなんなのか。

いやしかし、あがる時間まではまだまだ間があるし、レジは真渡くんにまかせてとりあえずトイレ掃除に行こうかな。

「トイレ掃除してきます」

「はいはい、行ってらっしゃーい」

真渡くんにひと声かけて、私はお店の奥に位置するトイレに向かった。

その途中。

「そういえば春さ、新しい彼氏とはどうなのー？」

そんな会話が耳に届き、私はぴたりと足を止めた。

アイスのショーケースを眺《なが》めながら話をしているのは、さっき来店《らいてん》したお客さんだろう。

その声につられてゆっくりと視線を向けると、そこには同じ学校の制服を着た女子高生がふたりいた。

そのうちのひとりは、見覚えがある。

「あー、まあ順調かな」

「あの三琴くんのこと振るなんて春にしかできないからね、普通に」

「いやいや。あっちだってもう彼女できてるでしょ。なんか気にかけてる女の子いるみたいだし」

――やっぱり。

一瞬記憶違いかと思ったけれど、会話を聞いて確信した。

彼女は、〝三琴先輩の元カノ〟である春先輩だ。

夏休み中にもかかわらず制服姿ということは、学校で受験対策の課外授業があったのだろう。

時刻は二〇時を回ったところなので、そのあともどこかで勉強でもしていたのだろうと大方《おおかた》の予想はついた。

春先輩のチャームポイントともいえる黒髪は、夏のじめじめした湿気に屈することなく綺麗に整えられていた。

隣にいる友達であろう先輩も、春先輩に負けじと綺麗で大人っぽい人だった。

もしかして三年生には美女しかいないのか？　とすら思えてくる。

「てかホント、ラブラブだったのに急になんで別れちゃったの？　春、元カレの話なんか、今までしてこなかったじゃん」

「やー、うん。そんなつもりはなかったんだけど。少し考えたら、なんかいい機会なのかなって思ってさ」

「三琴くんと別れる機会ってこと？」

「うん」

「えー、もったいない」

トイレ掃除に行くはずだったのに、私は春先輩とお友達さんの会話が気になってしまって、とっさに近くのパンコーナーの整理をするふりをしてその場にとどまった。

なにしてるんだ私は……。

ちらりとレジの方に目を向けると、イヤなタイミングで真渡くんと目が合ってしまった。

「なにしてんの？」とでも言いたげな瞳で私を見ている。

トイレ掃除だよね、そう、私がそう言ったんだ。

だけど、でも会話の続きが気になって――。

「……三琴は多分、あんまり私のこと、好きじゃなかったと思うから」

「え、そうなの？」

「なんか、なんだろう……物足りなかったのかな、私。三琴って優しいしモテるしさ、私じゃなくてもいいのかなって思ったら、私に向けられてる『好き』の価値がわかんなくなっちゃって」

「で、そのタイミングで元カレと連絡をとり始めたってわけ？」

「うん……なんか、逃げみたいなものかもしれない。三琴にいつか捨《す》てられる未来が、どうしてかすごい簡単に想像できちゃって。……それが怖かったんだよね」

春先輩は苦笑いのようなものを浮かべていて、お友達さんも、つられて曖昧《あいまい》に笑っている。

けれど次の瞬間には、「私これにしようかな」「じゃあ私はこれ」と呑気《のんき》な会話をしながらアイスのショーケースに手を伸ばし、ふたりは片手にひとつずつアイスを持ってレジに向かおうとしていた。

――三琴って優しいしモテるしさ。

わかりますよ、三琴先輩優しいしモテますよね。

だけど、私が共感できるのはそこまでだった。

「……っ、待ってください」

気づいたら、私は声をあげていた。

「え？」と怪訝《けげん》な表情で私の方を見たふたりと目が合う。私はパンを整理していた手を止めて立ち上がり、彼女たちの前に向かった。

「え、誰……春、知り合い？」

「いや……でもなんか、どこかで……」

「私、二年の大槻です」

ふたりの会話を遮って名字《みょうじ》を名乗る。

面倒ごとは嫌いだし、私は三琴先輩の彼女でもないし、彼に片想いをしているわけでもない。

だから、彼がいないところで春先輩の本音を聞いて、どうして私がこんなふうに悲しくなっているのかも、正直よくわからない。

私のお節介《せっかい》なのだと思う。

三琴先輩が知ったら、余計なことするなって怒られてしまうかもしれない。

私はただの後輩だ。

三琴先輩にとっての私は、きっとそれ以上でも以下でもない。

けれど、どうしても――彼女の本音に対して、私は言いたいことがあった。

「三琴先輩は、春先輩のことが本当に好きだったんです」

「……え？」

「……春先輩に、突然振られてわけもわからず劣等感《れっとう》に押しつぶされそうになって、とりあえずラーメンをやけ食いするしかできない気持ち、わかりますか」

『私に向けられてる「好き」の価値がわかんなくなっちゃって』

『いつか捨てられる未来が、どうしてかすごい簡単に想像できちゃって』

春先輩はずるい。

三琴先輩の愛の重みもわからないくせに、自分は愛されていないと勝手に思い込んで、先輩の気持ちも聞かないまま、突然現れた元カレにすがっている。

「……っ、三琴先輩は春先輩のことが好きだったんです……っ！　春先輩じゃないとダメだったんです。どうして、……どうして、三琴先輩とちゃんと話をしなかったんですか……」

自分のせいで三琴先輩が傷ついてしまうかもしれない可能性を、少しも疑わないまま、春先輩は自分が傷つくことを怖がった。

――そして逃げた。

視界が涙で揺れている。

どうして私は泣いているのだろう。

本当はずっと両想いのままのふたりがすれ違っていることが悲しいから？

別れた理由を聞いて同情したから？

……違う。

そんなぬるいもので泣いているんじゃない。

「……春先輩はちゃんと三琴先輩に愛されてました。……いえ、きっと今も、です」

羨ましいんだ。

いつだって、誰にとってもヒロインになれちゃう春先輩。

かわいくて、綺麗で、モテモテで、愛されている。

私が欲しがっても絶対に手に入らないものばかりを持っている春先輩が、私は羨ましくて仕方がなかった。

春先輩もお友達さんも、突然泣き出した私にぎょっとしているじゃないか。

ぼやけた視界の隅に映る真渡くんにだって、きっと見られているに違いない。

「……あの、ごめんなさい、急に。わけがわからないですよね、気持ち悪いですよね、余計なお世話ですよね。わかってるんです、ごめんなさい」

「……」

「でも、もしまだ春先輩も三琴先輩のこと想っているなら……ちゃんと話をした方がいいと思います」

春先輩の足元を見たまま、顔はあげられなかった。

「すみませんでした」と最後に謝って、返事を待たずに私はトイレへと駆け込む。

どうせ掃除をしようと思っていたし、レジには真渡くんがいるし——。

なにより、こんな涙に濡《ぬ》れた顔で接客なんてできっこなかった。

「うー……」

バリアフリーのトイレに駆け込んで、ドアに寄りかかるようにしゃがみ込む。

三琴先輩は春先輩のことが好きで、今でもきっと忘れられずにいる。春先輩が素直になれば、ふたりがよりを戻す可能性は高くなるだろう。

先輩には幸せになってほしい。
あんなにいい人なんだ。
本来、振られるべき人ではなかった。
ちゃんと話をして、また一から恋をしたらきっとうまくいくだろう。
わかっている、わかっていた。
だから——私が悔しがるのは、おかしな話だ。
『紘菜ちゃんもヒロインになれるよ、俺が保証する』
前に三琴先輩に言われた言葉が頭の中を何度も回っている。
私はこんなんで、本当にヒロインになれるのだろうか。
翔斗のヒロインにはなれなかった。
そんな私が、いつか誰かの——たとえば三琴先輩にとってのヒロインに、なんて。
……なれるわけなかったんだ、最初から。
私が流した涙は、あまりにも無意味だ。
「あの子、なんだったんだろうね。三琴くんに片想いとかしてる感じなのかな」

「……」

「春？」

「……あの子、どこかで見たことあると思ったら……三琴と寛太くんと一緒に学食にいた」

「えー、三琴くんって後輩に仲いい子いたっけ？」

「……気にかけてる女の子がいるって噂もあるし」

「あの子のことかもってこと？　でも、あの子も言ってたけど、三琴くん、春のことが相当に好きだったと思うけど」

「あの子についての噂も聞いたことない？　誰と付き合っているとか」

「え、どうだろ……でも二年でかわいい子がいるって話はよく聞くけど。でもさっきの子、確かにかわいかったよね」

「……一度自分で手離したものってさ、二度と戻ってこないことがほとんどだよね、世の中」

「なんか春がそれ言うとめちゃくちゃ哲学的に聞こえる。人生ムズすぎ」

「ホントだよね……」

ふがいない夜に

「紘菜、ホントにいいの？」

「いーのいーの！　じゃあ、私はもう行くから！」

「……そう？　……気をつけて行ってらっしゃいね」

「はあーい！」

どこか納得していないお母さんに、これ以上変に気を使わせないように、素早《すばや》くスニーカーを履く。

「いってきまーす」といつも通りのテンションで言うと、お母さんはもうなにも話しかけてこなかった。

白のビッグシルエットのTシャツに淡いピンクのミニスカートを合わせている。

この方が動きやすくていいし、いつもどおりの夏服だからしっくりくる。

うんうん、身の程をわきまえてるって感じでいいぞ、私。

八月某日、夕暮れ時。

「紘菜ちゃん」

そんなカジュアルな格好で家を出た私の視界に飛び込んできたのは、軽く右手をあげて私に手を振る三琴先輩の姿だった。

「すみません、家まで迎えに来させてしまって」

「いーの、いーの。俺が言い出したんだし」

今日は花火大会だ。

この間エナちゃんと浴衣を買いに行ったのは幻でもなんでもない。今日のためにエナちゃんと一緒に悩んで買った。

けれど、私が今着ているのは、浴衣みたいに動きにくくなくて、下駄みたいに歩いても痛くならなくて、長い髪の毛は特別に凝ったアレンジをすることなく、「暑いから」という理由でポニーテールにしてある。

三琴先輩に見てほしくて新調した浴衣は、今日は着ることができなかった。

……いや、〝着る必要がなかった〟と言うべきかもしれない。

「紘菜ちゃん、洋服なんだ」

「あー、はは。でも三琴先輩もじゃないですか」

「そうだけど、紘菜ちゃんの浴衣姿、少し期待してたから。見てみたかったなって」

三琴先輩はずるい。

先輩の無意識な優しさなのかもしれないけれど、私にはぜんぜん優しさとは感じないというのに。

残念そうに眉を下げた先輩に、「こっちの方が動きやすいので！」といつもどおりのトーンで言う。

つい数分前のお母さんも同じような顔をしていた。

翔斗に振られてから、お母さんはずっと私が元気がないと思っていたのか、私の大好物の酢豚《すぶた》が、夕飯の献立に頻繁《ひんぱん》に選ばれるようになった。

朝起きて寝起きの顔に「かわいいから大丈夫」と言ってくるのも、もはや日課になりつつあって、お母さんの優しさには十分に助けられていたのだ。

お母さんとは普段から日常的に友達の感覚で話をするので、「花火大会、仲良くなった先輩と行くことになった」と言った時はすごくうれしそうにしてくれたんだ。

「せっかく買った浴衣なのにいいの？　ママが髪の毛かわいくしてあげるのに」と

言われ、私は「大丈夫、ごめんね」と返すことしかできなかった。

私も新しい浴衣を着たかった。

着る勇気が欲しかった。

先日、コンビニでばったり春先輩と会った日に知った本音。

春先輩は三琴先輩のことが好きじゃなくなったから別れを切り出したのではなく、好きだからこそ別れを切り出したこと。

三琴先輩は言わずもがな春先輩のことが好きで、ふたりが近いうちに再びくっつく可能性は大だ。

その事実に、私はとことんぶちのめされてしまった。

私が浴衣を着てかわいくしたところで、三琴先輩の〝いちばんかわいい〟はもらえない。

私は所詮《しょせん》、当て馬にしかなりえない。

誰のヒロインにもなれない。

だから私は、泣いてしまう前に——三琴先輩との間に線を引くことにした。

エナちゃんに流されるままに、三琴先輩への興味を〝恋〟と呼ばなくてよかったと、少しだけほっとしている。

振られたくない。傷つきたくない。

春先輩が逃げたのをずるいと責めたけれど、私だって同じくらいずるくて弱いんだ。

失恋の痛みはもう十分すぎるほど知っている。

こんなに短期間で二度目はいらない。

浴衣はまたの機会に着ることにしよう。

エナちゃんにはまだなにも話していないけれど、事情を話せばべつの地域の花火大会に一緒に行ってくれるような気もする。

「人込みは嫌いだから三〇分で帰るけどね」とか言われるかもしれないけど。

三琴先輩と一緒にいるのに、気づくと考えごとばかりしてしまっている。

せっかく先輩と一緒に来てるんだから、と我に返る。

「行きましょう、先輩」

「だねー」

……私が春先輩だったら。

そしたら三琴先輩は、甚平《じんべい》か浴衣を着てきてくれたのかなぁ……なんて叶《かな》いもしないことを頭の片隅で思いながら、私は三琴先輩の半歩うしろを歩いた。

「そういえば、寛太先輩と花火はしなくてよかったんですか？」

「うん。寛ちゃん、親の実家に帰省してるらしくていないんだよね。紘菜ちゃんと花火行けなかったら、俺は今日もひとりで勉強漬けだったわ」

「そうですか……」

「あ。射的《しゃてき》がある、俺やりたい」

「じゃあ、行きましょう。私、先輩が射的してるとこ、見たいです」

りんご飴を片手にもち、たわいない会話をしながら歩く。

花火の時間まではあと数十分だ。

まわりの人々は、花火がよく見えるスポットに向かいはじめていて、来たばかりの時よりは、屋台《やたい》が並ぶ小道は人通りが減っていた。

屋台をめぐり、縁日を楽しみ、私たちはずっと一定の距離感を保《たも》っている。

手をつないで歩くカップルも、浴衣を着る男女も、私にはきらきらと輝いて見えて眩《まぶ》しい。

洋服姿の私と三琴先輩は、周りからはどう見えているのだろう。

付き合っている男女に見えるだろうか。

春先輩と三琴先輩は、誰がどう見てもお似合いのカップルだった。

じゃあ、私は？

私なんかが三琴先輩の隣を歩いていていいのだろうか。

そもそも、春先輩がこの瞬間を見たら、きっと不快《ふかい》になってしまう。

浴衣を着るか着ないかの問題ではなかったのかもしれない。

こんな風にうじうじと悩むくらいなら、最初から一緒に行く約束なんてしないほうがよかった——。

「翔斗くん、あれ取って」

「うん、いーよ」

「やったぁ」

「青花《せいか》、変なもの欲しがるね」

「かわいいよ、あのぬいぐるみ！」

射的のお店にたどり着いた時に聞こえた、覚えのある名前、声、——姿。

私も三琴先輩も、ほぼ反射《はんしゃ》的に足を止めた。

顔は見ていないけれど、きっと先輩は気まずそうな顔をしているに違いない。


『ねえ翔斗、あれ取って』

『うん、いーよ。紘菜が欲しいのどれ？』

『あのぬいぐるみ！』

『わかった。まかせて』


ああ、なにを今さら。

もう傷つくことはないじゃないか。

もう終わったこと。古い記憶。

翔斗は射的が上手だった。

優柔不断でヘタレで優しすぎる翔斗が、いちばんかっこよく見えていた瞬間だったかもしれない。大好きな姿だったかもしれない。

私が欲しがるヘンテコなぬいぐるみを、毎年一発で取ってくれるんだ。

おかげで、私の部屋にはキモいぬいぐるみがざっと数えても十体はいるだろう。

毎年一緒に来ていた花火大会。

毎年、すぐ横で見ていた浴衣姿。

それらはもう、私の特権《とっけん》じゃなくなった。

悲しいのか、寂しいのか、もうそれもよくわからない。

翔斗が新しい彼女にぬいぐるみをゲットするために射的をしている姿はやっぱりかっこよくて、私が彼のことを好きだった事実は消えてはくれないんだなぁと気づかされる。

けれど、不思議なことに、振られたあの日みたいに心はずきずきと痛んではいなかった。

それなのに、泣きたくなっているのはどうしてだろう。

翔斗だ、彼女だ、幸せそうだ。

私が感じたのはその程度のもので、翔斗に今なにを言われても「お幸せにね」と言える気がしている。それは決して嘘じゃない。

だけど、どうしてか——涙が出そうだった。

「せんぱ、っ」

「紘菜ちゃん、こっち」

——突然のことだった。

気にしていないので行きましょう。

そう言おうとしていたはずなのに、声をもらした時にはすでに私の右手は三琴先輩の大きな手に包まれていて、先輩は屋台通りを抜け出すように脇道にそれた。

理解が追いつかない状態で、握られた手にばかりに意識が向いてしまう。

大きく音を立てた心臓は……素直すぎて、嫌いだ。

人混みを避け、先輩に連れられるままにたどり着いた、あまり人通りがない場所。

会場になっていた公園の裏側にあたるところだろうか。ベンチがあって、「そこに座ろっか」と呟いた先輩に続いて、隣に腰を下ろした。

ぱっと離された手が、少しだけ名残惜《なごり》しかった。

「あの、先輩……」

「ごめん、急に。見るの嫌だったかと思って、とっさに」

ああ、なるほど。

やっぱり気を使わせていたみたいだ。

三琴先輩は、私がまだ翔斗のことを好きだと思っている。

そして私も、心のどこかでそうだと〝思っていた〟。

「先輩、私、平気みたいです」

私がこぼした言葉をきっかけに、三琴先輩は「え?」と視線を移す。

すっかり日が落ちた空の下で、先輩の綺麗な瞳と目が合った。

「さっき、翔斗のことを見ても、あんまり苦しくなかったんです。だから大丈夫です。気を使わせてしまってすみません」

「……けど」

「……まあ、翔斗から今までもらっていたぬいぐるみ、どうしようかなぁっては少し思いましたけど」

ぬいぐるみって、魂がどうのこうのっていう話をよく聞くし、ゴミ箱に捨てるわけにはいかない。

お祓《はら》いとかしてもらったほうがいいのかな。

ついでに、翔斗との思い出も綺麗さっぱり忘れてしまいたいなあ——って。

「……でも、泣きそうになってる」

「っ、み、三琴先輩……っ」

「泣きたい時に泣かないとさ、紘菜ちゃん、そのうち病気になっちゃうよ」

背中に回った手にとんとん……と優しく叩《たた》かれる。

優しさを感じる温度と鼻を掠《かす》める三琴先輩の香りに、いろんな感情があふれてしまいそうだった。

「……好きってさ、そんなに簡単に忘れられないものでしょ」

「……っ」

「わかる、から、俺の前では我慢しないでよ」

もう大丈夫だと思っていた。

翔斗と顔を合わせたのは、三琴先輩に送ってもらった時に偶然会ってしまったのが最後だ。

それから夏休みに入って、私はずっとバイト三昧《ざんまい》だったし、翔斗は私があのコンビニで働いていることを知っているからこそ、意図的に会わないようにしてくれていたのだと思う。

久々に会った翔斗は、以前は私にかけてくれていた優しい言葉を、あの子にかけていた。

苦しい、逃げ出したい、辛い。

だけど同じくらい――三琴先輩の言葉も苦しいのだ。

私の気持ちをわかってくれている。

それはつまり、三琴先輩も春先輩のことが忘れられていないということだ。

もし、今日見たのが翔斗ではなく春先輩だったとしたら、きっとこんな風に三琴先輩に抱きしめてもらうことなんてなかったのだと思う。

ふたりは両想い。

私はそれを知ってしまっている。

誰の特別にもなれない私は、いわばお邪魔虫《じゃま》で、なにも知らない三琴先輩には、春先輩とよりを戻すように仕掛けてあげるのがベスト。

……となれば、私のとるべき行動はもうわかりきっている。

「……三琴先輩」

ドォーン……と、遠くから花火が上がる音がする。

この位置からだと木の陰から花火の上半分が見える程度だけど、眩しい光だけはこの位置まで十分に届いていた。

ぬくもりから逃げるように身体を離して名前を呼ぶ。先輩は「ん」と短く返事をし、私の瞳を捉えた。

「……先輩は、私とは違います。まだ、希望がある」

「紘菜ちゃん、もしかして春となにか話したの？」

「……いえ。でも、確信はあります」

反射的に嘘をついた。

三琴先輩には幸せでいてほしい。

なんとなくそれが、私にとっての幸せにも成り得る気がしている。

──だから。

「……春先輩はまだ三琴先輩のことが……っ」

その瞬間、なにが起きたのかわからなかった。

手をつなぐよりも抱きしめるよりも近く感じた温度は、まぼろしだろうか。

……いや。
塞がれたのは、確かに私の唇だった。
「……紘菜ちゃんからそんな話、聞きたくねーよ……」
感情的になっていたのはどちらだろう。
私の言葉を飲み込むように重なったふたつの影。
触れるだけの、優しくて、だけど少しだけ苦しさを含んだキスだった。
唇を離した三琴先輩と目が合う。先輩の瞳に悲しみが宿っている。
三琴先輩とあの日、ラーメン屋で会ったのが間違いだったのだろうか。
どこからやり直せば、私は三琴先輩にこんな顔をさせずにすんだのだろう。
「ごめんね、紘菜ちゃん……」
——ああ。
新しい恋は、始まる前に夜空に打ちあがる花火とともに散ってしまったみたいだ。
あまりにも不甲斐《ふがい》ない自分がどうしようもなく嫌になって、また泣きたくなった。

答え合わせ

「大槻さん」

「……はい」

「ね、聞いてる？」

「……聞いてるよ」

「えー、ホントに？」

「ホントだってば」

「そうかなあ。俺にはそう見えないけど」

二一時五五分。

今日も今日とて、真渡くんは仕事を真面目《まじめ》にする気がないらしい。

とはいえ、あと五分だし帰宅モードになるのもわからなくはない。

トイレ掃除も一時間前にしてしまったし、今日のシフトは昼から夜までのロングで組まれていたので正直疲れていて、すぐにでも帰りたい。

「ね。やっぱさ、あの先輩となんかあったっしょ」

真渡くんと話すこと自体が嫌いなわけではないと思い込んでいた頃が、もはや懐かしい。

そう思えるくらいには、最近の真渡くんは踏み込んだ会話をもちかけてくるのだ。

花火大会から数日。

夏休みはもう終わりに差しかかっている。

私はあの日以降、バイト以外で外に出ることがなくなっていた。

エナちゃんとは二日後に会う約束をしているけれど、なにひとつハッピーな報告ができないから、どうしよう……とずっと思っている。

ちなみに、真渡くんは夏風邪《かぜ》をひいていたらしい。

数日ぶりに顔を合わせた彼は、暇になるとずっとこんな感じで話しかけてくる。

ずっと風邪をひいてお休みしていればよかったのに……と心の中で思っていることは言わないでおくことにするけれど。

「ねえ、もしかして振られた？」

今日一日、ざっと数えても十回は聞かれている。

空気の読めないチャラ男くんは、言葉を選ぶことができないらしい。

どんよりとしたオーラを隠しきれていない私自身が悪いのもわかる。

けれど、女の子が落ち込んでいたらそっとしておくか、もしくは言葉を選びながら話を聞いてあげるのがモテる男なんじゃないのか。

真渡くん、顔はかっこいいのに残念だ。

あまりにも空気が読めなさすぎている。

「……そんなんじゃないよ。ていうかべつに告白とかもしてなかったし」

「やっぱあの先輩のこと好きなんだ」

「……はあ？　違うって」

「でも、告白してなかったって、いつかするつもりはあったんじゃないの？」

あがる時間まであと五分を切った。

いつものことではあるけれど、タイムカードを打ったら早急にお店を出よう。真渡くんに話すことはないし、話したとしても同情されるのは、なんだか癪《しゃく》だ。

そう思っている。いや、そう思っていた。

——今、この瞬間までは。

「大槻さんってさ、結構、鈍感《どんかん》だよね ー」

思わず顔が歪《ゆが》む。「すぐそんなに怖い顔しないでよ」と言って真渡くんが笑う。

鈍感? 私が?

どこが、どんな感じに?

「いや、鈍感っていうか自分に自信がないだけ? なんだろ、とにかくもったいないよね」

私は、頭の中で思うことはあるのに、それらをひとつも言葉にできないまま。

真渡くんは次々に言葉を並べていく。

「なんだっけ、この間大槻さんが声かけてた女の先輩。あれがライバルって結構手強《てごわ》いよね」

「だから、そんなんじゃ……」

「浴衣。あの先輩のために新しく買ったんじゃないの?」

「え……」

「この間シフトがかぶった時、少しだけ紙袋の中身が見えた。あ、これは覗きとかじゃないから」

ストックルームの荷物置き場はロッカーみたいに個々で分けられているわけではないので、自分の荷物を置く時に私の大きな紙袋に入った浴衣が目についたのだろう。

真渡くんは、空気は読めないくせに、人の態度や顔色には敏感みたいだ。

いや、もしかしたら敢えて空気を「読まない」のかもしれない。

この間、このコンビニ内で春先輩が話していた内容を、真渡くんが聞いていたかどうかはわからない。

けれど、三琴先輩と花火大会に行く約束をしていたことも、その花火大会で先輩と少し気まずい関係になってしまったことも、それ以来会っていないことも、真渡くんはなにも知らないはずなのに。

「なにがあったか知らないけどさあ、うじうじ悩むくらいなら曖昧な感情ごと相手にぶつけた方がよくない？　あとから『あの時、実はこう思ってました』って言ったって、手遅れになってからじゃ意味ないじゃんー？」

「……それは」

「だからもったいないって言ってる。遠慮《えんりょ》しなきゃいけない恋なんかないよ。……まあ、それが善か悪かは嫌でも評価されちゃうけどね」

「……」

……さては真渡くん、すごく複雑な恋を経験してきたとか？

真渡くんとはたわいない会話しかしてきたことがなかったし、なによりただのチャラ男くんだと思っていたから、こんな風に彼の言葉に考えさせられる日が来るとは思っていなかった。

「恋って誰かに決められてするもんじゃないじゃん。人を好きになるのに時間も立場も関係ないし。嫌いなやつを突然好きになることもある。頭ではわかってても理想どおりにならない人間くささ、俺はけっこう見てて楽しいんだよねぇ」

……ゲームに続く趣味《しゅみ》は人間観察ということか。

完全に彼の言葉に飲み込まれてしまって、私は返す言葉がなかった。

春先輩と三琴先輩の邪魔をしてはいけないと思った。

それは、ふたりは結ばれる運命であって、引き裂《さ》かれる運命では決してないと思ったからだ。

私は翔斗のことを完全に忘れたわけではなかった。

三琴先輩の優しさに覆われて見えなくなっていただけで、長い期間で作りあげてきた私にとっての普通は、そう簡単には消えてくれなかった。

けれど、この気持ちをひとりで抱え込んでいたとしたら、私の心は今頃すでに死んでいた。

エナちゃんと浴衣を買いに行くこともできなかったかもしれないし、真渡くんのどうでもいい話に耳をかたむける気力もなかったかもしれない。

春先輩が本当はまだ三琴先輩のことを好きかも、という事実を知って、こんな風に傷ついて遠慮することだって、きっとあり得なかったのだ。

三琴先輩のおかげで、三琴先輩のせいで、私の生活はこれまでとは違ったものに変わった。

恋に遠慮はいらないらしい。

人を好きになるのに時間も立場も関係ないらしい。

頭ではわかっていても、どうにもできない人間くささが、今の私にはある。

これを恋と呼ばないとするならば——ほかになんと名前をつければよいのだろう。

善《よ》し悪《あ》しはよくわからない。

けれど、少なくともひとり——目の前にいる空気を読まないチャラ男くんは、私のこの曖昧な感情を受け入れてくれるみたいだった。

「まあ、相談ならいつでも受け付けてるよ」

「……」

「お、二二時になった。あがりー」

「……真渡くん」

「なに？」

「……ありがと」

「ふ。どーいたしまして」

まさか真渡くんに背中を押されるとは思っていなかったけれど、バイト仲間に真渡くんがいてよかったな……と心の中で思った。

「——は？　キスされた？」

二日後の昼下がりのこと。

駅地下にあるお洒落《しゃれ》なカフェで、私の話を聞いたエナちゃんは眉間にシワをよせ、ありえないと言わんばかりの表情を浮かべた。

エナちゃんの顔が怖い。

不可抗力《ふかこうりょく》だったとはいえ、やっぱり付き合っていない男女がそんな風に触れ合うのはダメだよね……。

それはわかってる。だからこそ、あの時の三琴先輩の心情が知りたいとも思う。

曖昧な気持ちのままでもよいと、真渡くんに教えてもらったのだ。

エナちゃんにキスに至る経緯と、そのあとから一度も連絡取り合っていないことを伝えると、彼女はなぜか納得したように「なるほどね……？」と呟いた。

なるほど……とは？

「紘菜はどう思ったの？」

「え？」

「三琴先輩にキスされて、どう思った？」

三琴先輩の温度を一番近くで知った時、一番最初に感じたのは悲しさだった。

自分が不甲斐ないせいで先輩に謝らせてしまったことが悲しくて、そして後悔《こうかい》した。

……だけど少し。

ほんの少しだけ——その温度が恋しかったのだ。

うれしかったのかもしれない。

三琴先輩と触れ合っている時間を、不謹慎《ふきんしん》ながらも幸せだと感じていたのかもしれない。

……かもしれない、というだけで　確信はないけれど。

「うぅ……わかんないよ、エナちゃん……」

私が抱《いだ》いている感情は、どれもこれも曖昧なものばかりだ。

「じゃあ今から確かめに行こう」

うなだれる私に、エナちゃんはそんなことを言いだした。

「え？」

「寛太先輩、今日、三琴先輩と遊ぶ約束してて駅にいるらしいんだよね。今から三琴先輩に会ってその気持ち確かめようよ。恋かどうか、はっきりさせちゃいな」

「ちょ、ちょっと待って、エナちゃん」

三琴先輩に今から会うって……どんな急展開？

ていうかエナちゃん、寛太先輩と連絡先交換してたの？　いつ？

え、もしかしてふたり、もう付き合ってるとかかな。

……え？　もしかして、エナちゃんに恋の予感？

ちょ、ちょ、エナちゃん。

私、エナちゃんの話なにも知らないんだけど——。

「付き合ってないし、なにもない。同盟組んでるから連絡先交換しただけ」

「え、同盟って？」

「こっちの話」

「……て、ていうか私まだなにも言ってない……エナちゃんエスパー？」

「紘菜はぜんぶ顔に書いてあんのよ」

そんなに顔に出てたかな。

だとしたらすごい恥ずかしいな。

「寛太先輩たち、ゲーセンにいるって」

「連絡はや！」

「まあまあ。私たちも行こ」

「え、エナちゃん……！　こ、心の準備が……」

「そんなのいらないでしょ。ほら、早く」

エナちゃんに半ば強制的に連れられ、私たちはおしゃれなカフェを出た。

恋かどうか確かめにって……あれ？

もしかして私、かなり勇気がいることをさらっとやらされようとしているのでは？


「寛太先輩」

数分後。

「あ、エナちゃん。紘菜ちゃんも」

ゲームセンターで合流した寛太先輩は、「ひさしぶり」と言ってにこやかに笑っている。

私はぎこちなく返事をし、その横にいる彼と目を合わせないように俯いた。

態度が悪いと思われているかもしれない。

不快にさせているかもしれない。

だけど、どうしたって怖いし、気まずいのだ。

三琴先輩は今、どんな顔をしているのだろう。

「紘菜ちゃん」

そんなことを思っていた私に寛太先輩の声がかかり、「……はい」と小さく返事をして顔をあげた。

「ひさしぶりに会えたし、みんなで遊びたかったんだけどさ、残念なことに俺とエナちゃん、今からちょっと用事があるんだよね」

「え、用事ですか？」

「あーうん、そうそう。急用。ね、エナちゃん」

「はい」

そう言った寛太先輩と、そんな先輩にすかさず返事をしたエナちゃん。

少しだけなんだか胡散《うさん》くさい感じがするのは……気のせい、だろうか。

「え、エナちゃん今日一日、暇って言ってなかった？」

「急用よ。ついさっき全身マッサージの予約入れたの」

「私と遊んでる途中で？」

「そうそう。すごい肩が凝《こ》りだして」

そんなの絶対に嘘じゃん……!!

心の中でそうツッコミを入れる。先ほど感じた胡散くささは気のせいではなかったらしい。

寛太先輩はさっきからどこか視線を合わせてくれないし、エナちゃんはいつもどおりに見えて不自然なほどすごく饒舌《じょうぜつ》だ。

ちらり。

恐る恐る三琴先輩の方を見ると、彼はとくに意見することはせず、「……ふうん」と感情の読み取れない相槌《あいづち》を打っていた。

「というわけで、俺とエナちゃんは帰るから」

「肩凝りましたね」

「ホントにね」

まるでコントのような会話。

「じゃあ頑張ってね、紘菜」と去り際のエナちゃんに言われ、ようやく納得した。

寛太先輩とエナちゃんは、最初からこの状況を作るつもりだったんだ。

エナちゃんが寛太先輩と密に連絡を取り合う仲だったなんて、なにも知らなかったけれど、……それよりも、だ。

「……み、三琴先輩、あの、こんにちは……」

「……うん、こんにちは」

「えっと……どうしましょう、か」

「あー……ね。どうしようね、ホント」

ああ、この気まずさ、どうにかなりませんか。

あの日、花火大会のことを思い出してしまう。

気まずい空気をまとったまま、私たちは帰路《きろ》についた。

家まで送ってもらったことは覚えているけれど、なにも話せなかった。

ただ無言のまま家に着いて、「じゃあ、また」という短い挨拶《あいさつ》をして、そこからは音沙汰なしだった。

「……紘菜ちゃん、どっか行きたいところある？」

「え、……いや、とくには」

「じゃあ、適当にどっか入ろう。改札《かいさつ》のところにあるカフェでもいい？」

「あ、はい」

先輩が提案をしてくれた。

改札口の近くにあるカフェは、プリンがおいしくて有名なところだ。何回かエナちゃんと一緒に行ったことがある。

「……この間のこと、ちゃんと話したい」

落ち着いた雰囲気のカフェで、ゆっくりお茶をするには快適な場所。

三琴先輩がそのカフェを選んだ理由がよくわかった。


「ごめん、紘菜ちゃん」

席に着き、注文した飲み物が運ばれてきて間もなくのことだった。

その〝ごめん〟が指しているものは、すぐにわかった。

申し訳なさそうに眉を下げた三琴先輩に、私はなんて返したらよいかわからず、誤《ご》魔《ま》化《か》すようにオレンジジュースに口をつけた。

「勢いであんなことして……本当にごめん。俺がこんなんだから、寛ちゃんは気を使ってくれたんだと思う」

それを言うなら私も同じだ。

エナちゃんは、うじうじしていた私に三琴先輩に会う機会をつくってくれた。寛太先輩にも感謝しなければならない。

「……俺、多分、焦ってた」

「……え？」

「紘菜ちゃんと俺は同じだと思ってたから」

三琴先輩がゆっくり口を開く。

静かで落ち着いた、優しい声音だった。

たまたま同じ日に失恋をして、たまたま同じラーメン屋でやけ食いをしていて、たまたま同じ学校の先輩と後輩だった。

きっかけはそんな単純なもので、それぞれの恋をしていなければ私たちは、きっと今も出会っていなかった。

「紘菜ちゃんのこと、最初に餃子くれた時からいい子だなって思ってた。初めて遊ぼうって言った時も、ホントはすげー緊張してたんだ。……ダサいけど、俺、この子のこと好きになるのは時間の問題だなって思ってたから」

「……先輩」

「春と別れたのは辛かったけど、それよりも紘菜ちゃんに興味が湧いてたよ。もっと紘菜ちゃんのことを知りたくなった、俺は。……けどさ、紘菜ちゃんは翔斗のことが好きだから」

だから花火大会の日、翔斗と新しい彼女を見かけて傷ついている私を見るのが悲しかったのだと、三琴先輩は言った。

失恋の痛みを知っているからこそ、振られるのも傷つくのも怖い。

けれど、私が三琴先輩のことを意識しない事実も、苦しかったという。

「春が本心で別れたわけじゃないって、夏休みに入ってから人伝《ひとづて》に聞いた。紘菜ちゃんと知り合ってなかったら、俺は多分まだ春のこと引きずってた。きっとその話を聞いても、それが嘘だったらどうしようとか変に疑ってしまって、春からのアクションを待ってたんだろうなって思う。……まじで、言葉にするとすげーダサいよね」

「……っ、そんなことないです」

「けど、もうこれ以上ダサい俺でいたくないんだ」

『紘菜ちゃんからそんな話、聞きたくねーよ……』

三琴先輩にキスをされた時、唇をそっと離した先輩は掠れた声でそう言っていた。

傷つけてしまったと私は思っていた。

春先輩のことを引きずっているのに、思い出させるように名前を出してしまったことが申し訳なくて謝りたかった。

けれど、それは違ったみたいだ。

「春の代わりでも、遊びでもないよ」

「……っ」

「知りたいって思ったのも本心だった。紘菜ちゃんだから、一緒に花火見に行きたかった。……浴衣姿、見たいと思ってたのもホント」

三琴先輩が言っていることを、まだ信じられない自分がいる。

これは本当に現実……なんだよね？

恋に遠慮はいらないらしい。

人を好きになるのに時間も立場も関係ないらしい。

頭ではわかってはいてもどうにもできない人間くささが、今の三琴先輩にはあるらしい。

「俺、紘菜ちゃんのこと……、好きみたい」

ちゃんと聞こえた。聞き間違いじゃなかった。

これをなんと呼ぶか——私は知っている。

「……あ、返事はまだ……」

「っ好きです」

ほとんど反射的に出た言葉だった。

三琴先輩の声を遮ってこぼれた私の言葉に、三琴先輩は「え」と声をもらす。

返事を待たせる必要なんてない。

だって、私も同じだったから。

過去の恋愛を引きずっていたのは最初のうちだけで、だんだんとそれは枷《かせ》となっていた。

三琴先輩のことを好きだと気づきたくなかったのは、翔斗の時みたいに、散々《さんざん》期待しておいて想いが通じ合わなかったら辛いから。

同じ失敗をするのは怖い。

だから人は皆、過去を糧《かて》に成長するのだと思う。

そして、どんどん前に進んでいくのだ。

「……私もっ」

泣き出してしまいそう。

震える声が情《なさ》けない。

だけど、それでも伝えなくちゃ。

目の前にいる人の気持ちに向き合わなくちゃ。

三琴先輩の目を真っすぐに見つめながら、勇気を振りしぼる。

「わ、私も、三琴先輩のこと、好きです」

――この気持ちの答え合わせは、もう十分だ。


『あのふたり、どうなると思いますか』

『まあくっつくだろうな。似たとこあるじゃん、好きになったら一途《いちず》なところとか』

『……失恋コンビをくっつけよう同盟、今日で解散ですか？』

『あー、そうなるかなー』

『……ですよね』

『エナちゃん、ちょっと寂しいんじゃない？』

『……どうでしょうか』

『エナちゃん、彼氏いたことない？』

『それ、もっとほかの言い方できないんですか？　あります、二回』

『うわ、奇遇。俺も中学の時と高一の時のふたり。今はフリーだよ。……あ、でも気になってる子はいるかなぁ』

『へえ』

『エナちゃん』

『なんですか』

『俺と付き合う？』

『……どうしてもって言うなら考えてあげてもいいです』

『はっ。面白いねーエナちゃんは。ますます興味深くなった』

『それは……光栄です』

こんな会話がふたりの間であったことを私が知るのは、もう少し時間がたったあとのこと。

「紘菜ちゃん、うどんはそんなに好きじゃないの？」

「麺類は基本、ラーメンかパスタしか食べないです。……あ、でもカレーうどんは好きです」

「え、まじで？　俺、カレーうどん作るの得意。今度作ってあげよっか」

「いいんですか？」

「うん、紘菜ちゃんなら」

「そこのふたり、公衆の場でいちゃつくのやめてくれる？」

なめ向かいに座る寛太先輩にそう言われ、私と三琴先輩は目を合わせて、お互いにみるみる赤くなった顔を隠すように、どちらからともなく視線をそらした。

夏休み開けの平日。

私たちの学校は、始業式の日も関係なく午後から授業がある。

私、エナちゃん、三琴先輩、寛太先輩の四人は、食堂の中央にある四人掛けのテーブルを囲みながら学食でご飯を食べていた。

三琴先輩からそらした視線は、行き場がなかったので仕方なく目の前に置かれた味噌ラーメンに向けた。

ソフト麺が、野菜に埋もれるようにスープの中に沈《しず》んでいる。スープに映《うつ》った私はわかりやすく頬が緩《ゆる》んでいて、それが少しだけ恥ずかしかった。

「ちょ、寛ちゃん。べつにそういうつもりは」

「三琴になくても、初々しいカップル感が漂ってるんだよ。幸せそうでなによりだけど」

「もー……なんでも言葉にするの、やめろよなぁ」

エナちゃんと寛太先輩の協力により、晴れて三琴先輩と付き合うことになったあの日から二週間がたった。

まさかこんなに突然、三琴先輩と私の関係性が〝失恋仲間の先輩と後輩〟から〝両想いの恋人同士〟になるとは想像していなかった。

そのため、私は先月に入れた鬼シフトのバイトに追われ、先輩は受験勉強に励んでいたこともあり、夏休み中は告白された日を含めて二回しか会うことができなかった。

最後に会ったのは四日前。

私のバイトが夕方からの日で、お昼前にかかってきた三琴先輩からの電話で、私は目を覚ましたのだ。

『もしもし、紘菜ちゃん？』

『あ、先輩、おはようございます』

『急にごめんね。俺、今から駅の近くのファミレスに勉強しに行こうかと思ってたんだけどさ、紘菜ちゃんもし暇なら会えないかなーと思って』

私と三琴先輩のスケジュールはお互い共有してあったので、私が夕方からバイトだというこということを知っているからこそ、誘ってきてくれたのだと思う。

『一時間もしないで行けると思います』とすぐに返事をすると、電話越しに三琴先輩が柔らかく笑っているのが聞こえた。

身支度《みじたく》を整えた私がファミレスに着いたのは、電話で話してからちょうど一時間がたとうとしていた頃だった。

店員さんに待ち合わせの旨を伝えて、案内された奥のテーブル席。

私に気づいた先輩に手招きをされ、導《みちび》かれるように彼の向かいの席に座った。

「バイト前なのに呼び出してごめんね」

「いえ……」

……本当はすごく会いたかったから大丈夫です。

心の中でそう返事をして、「寝る以外に予定がなかったので平気ですよ」と口からはあまりかわいくない言葉が出る。

誰かと付き合うこと自体が初めての経験なので、なにが正解とか不正解とかもあまりわかっていないけれど……あんまり自分の気持ちを正直に伝えすぎてもダメなのかな、とかいろいろ考えてしまい　なかなか思うように言葉にできない。

会いたかった。

たったそれだけを言うのにこんなに勇気がいるなんて、三琴先輩を好きになっていなかったら、知ることもなかったかもしれない。

けれど、そんな私に三琴先輩は言うのだ。

「勉強……ってさ、すごいずるくていい口実、だよね」

「え?」

「……ホントは俺が紘菜ちゃんに会いたかっただけ。来てくれてありがと」

三琴先輩のまっすぐさが私は好きだ。

先輩は照れて顔をそらすけれど、言葉をもらう私の方が恥ずかしいのに、と思ったりもする。

いつ見ても綺麗な顔だ。ペンを握《にぎ》る手は細くて長いのにごつごつしていて男の人を感じる。

「紘菜ちゃん」って呼ばれるたびに、愛おしさがつのる。

「……いえ、私も、なので」

「ふ、そっか。うれしい」

付き合いたてだからかもしれない。まだお互いのことをたくさん知らないからかもしれない。

これから先、三琴先輩と付き合っていく中で、喧嘩《けんか》したり嫌な部分が見えることがあるだろう。

けれど、それでも先輩と別れる未来は想像したくないな……と、漠然《ばくぜん》とそんなことを思った。

――結局、その日はバイトの時間ぎりぎりまでファミレスでお互い勉強したり課題をしたり、時々息抜きでたわいない会話をして笑い合ったりしてすごした。

「バイト頑張って」

「……ありがとうございます」

三琴先輩はバイト先の近くまで送り届けてくれた。

真渡くんに見られてしつこく追及されるのも嫌だったので、手前の路地までにしてもらったのだ。

先輩は私の頭を優しく撫でると、「また連絡するね」と言って小さく微笑んだ。

それだけできゅうっと胸が鳴るのは、先輩の大きな手が私に触れたせいか、彼に対する想いが募《つの》るからか――。

きっとぜんぶに当てはまるのだと思う。

夏の夕方の透き通った空気が、ひどく心地よかった。

――というのが四日前の出来事。

目の前に座ってうどんを食べる三琴先輩は実に四日ぶりで、彼の制服姿は一カ月以上見ていなかったもの。

夏服から覗く腕の血管《けっかん》にドキリとする。

首筋にあるふたつのほくろにきゅんとする。

付き合う前は目にも留めていなかった部分が浮き出てみえて、そのたびにひとりで悶えてしまう。

もしかしなくても、私は相当三琴先輩のことが好きみたいだ。

「ふたりとも、午後の授業、頑張ってね」

「ありがとうございます」

「紘菜ちゃんも、また帰りに下駄箱でね」

「……あ、はい」

昼休みの終了を告げるチャイムが鳴り、私たちは食べ終わった食器を下げて食堂を出た。

三年生の教室は四階、二年生は三階に教室があるので、いつも三階に着いたところで三琴先輩と寛太先輩とは手を振って別れている。

「あ、これあげる」

去り際、三琴先輩が私の右手に飴をふたつ握らせた。小さくお礼を言うと、先輩はにっと笑って寛太先輩のあとを追っていた。

そういえば前にも飴をくれたことがあったっけ。

先輩、甘党だからつねにポケットに忍《しの》ばせているのだろうか。

もらった飴をエナちゃんにひとつあげると、エナちゃんは「すっかり甘やかされてるのね」と笑っていた。

「そういえばさ、やっぱりエナちゃんは寛太先輩と付き合ってるの?」

教室に戻る途中、残りの夏休みの間、地味《じみ》に気になっていたことを思いだしたのでエナちゃんに聞いてみることにした。

前に聞いた時は「同盟を組んでるから」とかなんとかよくわからないことを言っていたけれど……それでもやっぱり本当はどうなのか気になってしまう。

私の言葉に、エナちゃんはすかさず「付き合ってないよ」と短く返事をした。

「えー、好きとかもないの?」

「どうだろ」

「怪《あや》しいなぁ」

「でも付き合ってないのは、ホント」

エナちゃんは基本的に謎《なぞ》に包まれている。

中学からの付き合いなので、エナちゃんの歴代のふたりの彼氏のことも知っている。

ひとりは中学校の時で、クラスの委員長だった。

真面目で誠実そうな人だったっけ。

ふたり目は高校に入ってすぐ、ひとめぼれをしたとかなんとかで、告白してきた男の子。

柔らかい雰囲気で、優しそうな――系統《けいとう》で言うと翔斗みたいな人だったなぁ。

ふたりとも普通にすごくよさげな人だったけれど、エナちゃんは〝なんとなく〟で恋を始めることが多いので、結局両方ともエナちゃんが相手のことをちゃんと好きになれなくて別れちゃったんだっけ。

寛太先輩とどういう距離感でいるのかはわからないけれど、親友の勘《かん》で、エナちゃんが寛太先輩に興味を示しているのは、なんとなくわかった。

エナちゃんと寛太先輩、どこか雰囲気も似てるし、お似合いだと思う。

エナちゃんには常日頃からお世話になっているし、今度は私がエナちゃんの恋路《こいじ》を応援したい。

「よくわかんないけど、なにがあっても私はエナちゃんを応援するよ！」

「はいはい。授業はじまるよ」

「次なんだっけ？」

「古典《こてん》」

「うわー、眠くなるやつだぁ」

そんな風にエナちゃんのことを応援したいと思ったのは、夏の終わりのことだった。

健全と不健全

「へえ。エナちゃん、ミスコン出ることになったんだ」

「出場者がもらえる学食無料クーポン十枚に、まんまとつられました」

「ああ。でもあれ、確かにもらえるとかなり助かるよ」

時は流れて、あっという間に秋も終わりに近づいていた。

ベッドを背もたれ代わりにして座り、「エナちゃん優勝してほしいなー」とどこか他人事《ひとごと》のようにそう言った先輩。

そんな三琴先輩の隣に座る私は、「そうですね」と短く返事をして、先輩がいれてくれたホットココアに口をつけた。

先輩の彼女になって二カ月。

先輩は、彼が十歳の時に病気でお母さんを亡《な》くしてから、お父さんとふたり暮らしをしているらしい。

お父さんは仕事で帰りが遅いことがほとんどなので、中学生の頃から頻繁に自炊《じすい》をするようになったと教えてくれた。

この部屋に来るのは初めてではなかった。

最初に来たのは一週間前。

三琴先輩の推薦入試が終わり、受験勉強からひとまず解放されたタイミングでのことだった。

付き合いたてとは言え、支障が出てはいけないと思っていたので、夏休みが明けてから受験が終わるまでは、昼休みにふたりで一緒にお昼ごはんを食べることしかしていなかった。

一緒に帰るのも、送ってもらう時間も申し訳ないと思ったので、その旨を話して三琴先輩と相談した結果、週に一回だけ一緒に帰ることに決まったのだ。

そんなスタイルを一カ月ほど続けていたのだが、受験が終わったのでひさしぶりにゆっくり会いたいと、先輩が家に招き入れてくれた。

翔斗以外の男性の家に入るのは、当然のことながら初めてだった。

放課後、緊張を抱えながら私と先輩は下駄箱で待ち合わせをして、一緒に三琴先輩の家に行った。

たわいもない会話をして、帰り道で立ち寄ったレンタルショップ店で映画を借りて帰った。

約二時間の映画を、隣り合わせに座って見た。

その日、手や唇が触れ合うことは一度もなかった。

——それが、一週間前の出来事。

二回目の今日。

私は課題をしていて、三琴先輩は寛太先輩と一緒に行く予定だという卒業旅行の行き先をスマホで検索《けんさく》しているみたいだった。

三琴先輩とふたりきりになることには慣れ始めてはいたけれど、お昼休みや下校中に比べて距離は近いし、緊張しないわけはない。

翔斗とは一度も触れ合うことのなかった距離をもっと近づけたい、と踏み込んだ未来を想像してしまう自分に気づいて、少しだけ恥ずかしくなった。

けれど、そんなことを思ってるのが私だけだということも、なんとなく察していた。

三琴先輩は、私と触れ合うことをあまり重視《じゅうし》していないような気がする。

付き合って二カ月たつけれど、帰り道に手をつなぐのは稀《まれ》だ。キスをしたのだって片手で数えられるくらい。

なにより、一週間前に部屋を訪れた時に指先一本触れられなかった事実がそれをものがたっていた。

春先輩と付き合っていた時もこんな感じだったのだろうか。

春先輩は欲望がない人だったのか、はたまた触れたい理由が私にないだけなのか。

「紘菜ちゃんもミスコン出ると思ってた」

「あー……はは、私は大それた顔じゃないので」

三琴先輩の話に曖昧な相槌を打ちながらも、そんなことを考えては少しモヤモヤしてしまう。

私には魅力がない？

年下の女には欲情《よくじょう》しない？

付き合って二カ月目。

周りのカップルはどのくらいのスピードで進んでいるのか検討がつかない。

キスさえも数えるくらいしかしない私と三琴先輩の関係は、ただ「健全」だと言えるのかもわからなかった。

「まあでも、かわいいのが不特定多数に知られても困るし、俺からしたら出ないでくれる方がありがたいけどね」

不意な言葉にドキッ、と胸が鳴った。

三琴先輩は私のことが好きだ。

それはちゃんと感じている。

けれど、「好き」でも先輩は私に触れてはくれない。

「……先輩」

「ん、なに？」

「……き」

「き？」

「き……、きっと今年もミスターは三琴先輩ですね」

言う勇気は出なかった。

先輩に触れたい。

抱きしめてほしい。

キスがしたい。

思うままに彼にこの気持ちを伝えたら、私は「積極的で破廉恥《はれんち》な女」だと思われてしまうだろうか。

「はは、どうだろ。俺的には寛ちゃんが優勝候補だと思うんだけど」

「……かっこいいですもんね、寛太先輩も」

「つうか、エナちゃんと寛ちゃんって付き合ってんのかな」

「私も聞いてるんですけど、本当に付き合ってないっぽいですよ」

「お似合いだと思うけどなー」

「わかります」

――キスしたいです。

その言葉は、また声にならないまま私の中に封じ込まれてしまう。

「健全」すぎる距離がどこかもどかしくて、三琴先輩をやけに遠く感じてしまった。


その翌日のこと。

「大槻さん、彼氏となんかあったでしょ」

「……ないよべつに」

「嘘が下手《へた》だよねーホント。そんなに負のオーラまとっておいて、なにもないは嘘すぎるって」

今日も今日とてシフトがかぶった真渡くんは、私の顔を見るやいなや呆れたように笑った。

「ひっどい顔してる」と言われ、返す言葉がなかった。

真渡くんの察しのよさは天下一品だ。

反応には困るものの、三琴先輩への気持ちも真渡くんの言葉に背中を押されたわけだし、彼の放つ言葉が出まかせだとは今さら思わない。

しかしながら、私が抱える悩みは真渡くんに——男の子に、相談していい内容なのだろうか。

エナちゃんには、既《すで》にこのことを相談ずみなわけだけど——。

「三琴先輩、性欲《せいよく》ないいんじゃない」

「ええ、そうなのかな……」

「まあまだ二カ月だし、手を出すのに気が引けるのはわからなくはないよ。けどキスはべつにケチるものでもないと思うんだよねぇ」

「だよね……」

「あー、でもあれかも。紘菜に遠慮してるとかありそう」

「遠慮って？」

「紘菜は翔斗くんのことずっと好きだったし、三琴先輩も春先輩と付き合ってたわけじゃん？　二カ月たったとはいえ、紘菜じゃない女の人としていたことを、当たり前にあんたにしていいのか、心配とかしてるんじゃない」

「そんなことある？」

「や、わかんない。私より紘菜の方が先輩のこと知ってるでしょ」

「そうだけど……」

「けど寛太先輩が言うには、三琴先輩はかなりヘタレらしいし。紘菜からアクション仕掛けてもなんにも悪いことじゃないと思うよ」

「……そっかな」

「うん」

「ところでエナちゃん、やっぱり寛太先輩と付き合って……」

「ないよ、まだ」

「まだ⁉　意味深！」

「はいはい」

　私から三琴先輩にアクション——つまり自分からキスをする。

　それは、恋愛初心者の私にはかなり難易度が高い。

　そもそも、お昼休みはエナちゃんや寛太先輩も一緒だし、下校中は言わずもがな人の目があるから触れ合うこともままならない。

　先輩の部屋に行く機会は多いわけでもないし、「先輩に触れたいから」と言って部屋に入れてもらうわけにもいかない。

　……あれ、これってかなり絶望的な状況なのでは。

「大槻さん？」

　真渡くんが「どうかした？」と顔を覗き込んでくる。ブラウンの瞳に見つめられ、黙っていれば顔だけはいいのにな、とぼんやり思った。

「……真渡くん」

「ん」

「……健全な男の人って、ふつう彼女に触りたいって思うものじゃないのかな」

……しまった、失敗した。

言葉選びを間違えたかもしれない。

目をぱちぱちとさせた真渡くんが、驚いたように「変なものでも食べたの？」と付け加える。変なものは食べていない。

ただ、もっと違う言い方ができただろうに、ということは自覚していた。

……血迷《ちまよ》った、完全に。

「……やっぱり、なんでもない」

「いやいやいや。なんでもなくないでしょ」

今お客さんが入ってきてくれたら、「いらっしゃいませ」の言葉で話を強制的に終わらせることができたのに……と、ガランとした店内を見渡して思った。

「大槻さんの悩み、当ててあげようか」

「……」

「彼氏、手を出してこないんでしょ」

やはり彼にはバレバレのようだ。

とは言え、彼の印象が〝ただのチャラ男〟から〝意外とやさしいチャラ男〟になったのも事実。

「……そうだって言ったら、真渡くんはなにを言ってくれる？」

「ん－。同じ男として彼氏の気持ちを汲《く》み取《と》ったうえでアドバイスしてあげるかな」

私の質問に、真渡くんは柔らかく笑ってそう言った。

「なるほどね－」

私が悩んでいることをすべて伝えると、彼は抑揚《よくよう》のない声で相槌を打った。

客足は相変わらず少なくて、コンビニのバイトってこんなに楽だったっけ？　と錯覚すら起こしそうになる。

「……真渡くん的にはどう思った？」

「どうもなにも、彼氏チキってるだけでしょ」

「……そうかなぁ」

チキってるだけって、本当に？

三琴先輩は、私に触れるのを怖がっている？

エナちゃんにも同じようなことを言われたけれど、それでもやっぱり納得《なっとく》できなかったのは、私が自分に自信がないから、だろうか。

「自分に魅力がないって思ってるの、多分大槻さんの単なる思い込み。これは俺の自論《じろん》だけどさ、男って二タイプあると思うんだよね」

「二タイプ？」

「そ。好きだとかお気に入りだと思ってる女の子にすっげえ触りたがるタイプと、大事すぎて触れないタイプ。俺が思うに、大槻さんの彼氏は後者《こうしゃ》だろーね」

つらつらと言葉を並べた真渡くん。

チャラチャラしているくせに核心をつく言葉を放つ彼に、私は呆気に取られてなにも返事ができなかった。

三琴先輩は私のことが好きだ。

大切にしてくれている。

だからこそ、〝チキって触れられない〟のだろうか。

「知ってる？　男って押しに弱いの」

「押し……」

「積極的な女の子……しかもそれが彼女だったら、なおさらやばいね」

なおさらやばい、とは？　眉間《みけん》にシワをよせて首をかしげると、「思ってた以上に鈍感だよね」と笑われる。少しむかついた。

「しかも大槻さんって普段ちょっと冷めてるじゃん、だから余計にギャップっていうかさ……んー、想像したら俺もやば……」

「そういうのは聞いてないので」

「ねぇ、ごめんって」

この男、サラッとなにを言うつもりだったのか。

キッと睨むと軽く謝られた。

絶対に反省していないと思う。

「あ、そう言えば大槻さんに言いそびれてたことあった」

睨みをきかせる私をとくに気にもしていないであろう真渡くんが、思い出したように言う。

はあ……とため息を吐きながらも、「なに？」と耳をかたむける。

「前に大槻さんと話してた同じ学校の先輩いたじゃん？　あの美人の」

「美人……春先輩のこと？」

「あー、そうそう。春って言ってたわ。その人、大槻さんシフト入ってない時、店に来たよ」

え、と声がもれる。

どうやらそれは数日前のことらしい。

決して私に会いに来たとかではなく、ただ買い物をしに来ただけだったという。

春先輩とは、このコンビニで感情をぶつけた日から会えていないので、なんとなく気まずいままだし、春先輩が来たという日にシフトに入っていなくてよかった、と胸を撫でおろす。

「なんか彼氏といた」

「彼氏って……え、三琴先輩？」

「いや、それは大槻さんの彼氏でしょ。違う、あの美人先輩の彼氏」

「あ、あぁ……」

……ホッ。

って、いや、ホッてなんだ。

……確かに、三琴先輩のことは信用しているし、春先輩とじつはまだ付き合っていました、なんてオチがあったら、たまったもんじゃないとも思うけど。

「けど喧嘩してたっていうか、うーん……あんまり仲良さげに見えなかったな」

真渡くんが顎に手を当てて唸《うな》る。

――仲良さげに見えなかった。

それは、春先輩が本当はまだ三琴先輩のことを引きずっているからだろうか。

そのことが彼氏さんにバレて揉《も》めているとかだろうか。

私はその様子を見ていたわけではないけれど、真渡くんが嘘をついているとは到底思えない。

悪い予感ばかりがして、胸のざわつきが止まらなかった。

もし、もし……春先輩が再び三琴先輩にアピールをし始めたら。

そしたら私はどうやって彼女と戦えばいいんだろう。

いくら三琴先輩が私のことを好きでいてくれたとしても、客観的に見て、ミスコン・ミスターコン優勝者のふたりがよりを戻すとなったらきっと周りは黙っていないだろう。

「会話は聞こえなかったけど、痴話《ちわ》喧嘩かなーと思って流したんだよね。俺からすれば喧嘩してるなら一緒にコンビニ来んなよって話ではある」

「……」

「報告するようなことでもないと思ったけど、一応ね。俺は最初から大槻さんの恋路を応援してるよー」

そんな真渡くんに煮《に》え切らない返事をすると、彼は「ギャップ萌《も》え狙って頑張ろ？」と謎のエールをおくられた。

……ああ、こうやってすぐに悩んで落ち込んでしまう自分が嫌だ。

三琴先輩は私と付き合っていて、私は先輩の彼女で、「好き」を受け取っているはずなのに。

「そーいえば大槻さんの学校、文化祭もうすぐだよね」

「なんで知ってるの」

「うちの学校にチラシ配りに来てたから。大槻さんと彼氏さんのツーショット見たいし、友達のこと連れて遊びに行くかも」

「来なくていいから……」

真渡くんに話したみたいに、三琴先輩にも正直に自分の気持ちを伝えられたらいいのにな。

三琴先輩と触れ合えていないことに対するモヤモヤと春先輩の話が重なっただけで、こんなにも不安で押し潰されそうな自分が情けなくて、なんだか泣きそうになってしまった。

隣で笑って　―side 三琴―

「寛ちゃんラーメン食べたくねぇ？」

「食べたくない」

「えー、今日の昼、食いに行かない？」

「行かない」

「そうですか……」

とある土曜日。唐突にラーメンが食べたくなったから寛ちゃんに電話をしてみたけれど、秒で断られた。優しさの欠片《かけら》もない男だ。

寛ちゃんをラーメン屋さんに誘ったのは、春に振られて思いっきりやけ食いをしたあの日以来だ。

あの日、生きてきた中で一番ラーメンを食べた。

振られて、悲しくて、悔しくて。

食べている時間は、ラーメンのおいしさで悲しみを忘れられていた。

食べすぎて次の日はお腹を壊して遅刻しかけたけれど、それでもあの日、あの店でラーメンを大量に食べたことを後悔はしなかった。

偶然が重なっただけの出会いだった。

それでも、無条件に運命だって呼びたくなってしまうくらいには、奇跡だったから。

思い返すのは、紘菜ちゃんと俺のものがたりが始まったあの日のこと。


「紘菜、ホントにそんな量食べるの？」

「食べなきゃやってられないもん！　止めないでエナちゃん」

「止めないから、自腹でよろしくね」

「わかってるよぉ……」

「あ、すいませーん。味噌ラーメンと半チャーハンください。あと餃子も」

「エナちゃんめっちゃ食べるじゃん……」

「え？　紘菜のおごりでしょ？」

「そんなこと言ってないよ……優しくしてよエナちゃん……」

ズズッとラーメンを啜りながら、自然に耳に届く、カウンターに座ったふたりの女子高生の会話を聞く。

あんまりじろじろ見たら変なやつに思われてしまうという心配もあったから顔は向けなかった。

「うう……っ、今日もラーメンはおいしいよぉ……」

ホント、むかつくほどおいしいよな、ここのラーメンは。

女子高生の言葉に心の中でうなずいて、俺は春に振られた悲しみごと飲みこむようにラーメンを胃の中に流し込んだ。

「……え。ミコト先輩、じゃん」

そんな声をかけられたのは、注文した料理をすべて平らげた時のことだった。

三つ離れたカウンター席に座っていた女子高生は同じ高校の後輩の女の子。

ひとりはストレートボブのクールそうな子で、もうひとりは黒髪のロングヘアーで、涙が枯れたあとみたいに、目元が赤くなっている女の子だった。

ロングヘアーの女の子——紘菜ちゃんと目が合った時、「あ」と思った。

俺が一方的に、その子を知っていたからだ。

初めて紘菜ちゃんを見かけたのは、三年生になってすぐのことだった。

俺が、まだ春と付き合っていた時の話。

その日、俺は下駄箱で春が来るのを待っていた。

三年生になり、春とはクラスが離れたので、一緒に下校する時は下駄箱で待ち合わせをするようにしていた。

「三琴、じゃーな」

「お、うん」

壁に背中をつけてスマホをいじっていた俺にそう声をかけたのは、クラスメイトの翔斗だった。一緒に行動するほど仲良くはないが、下の名前で呼び合うくらいには話をする関係。

軽く手を振って挨拶を交わしたあと、帰っていく翔斗の背中を何気なく見送っていると、ひとりの女の子が翔斗に駆け寄っていく姿を見つけた。

結論から言うと、それが紘菜ちゃんだったというわけである。

笑顔が特徴的な女の子だった。

会話までは聞こえなかったけれど、翔斗を見つめる瞳があまりにも優しくて、愛おしいと思っていることが第三者の俺から見てもよくわかった。

翔斗の歩く速度に合わせて少し小走りになっているところが、小動物のようでかわいいな、とも思った。

翔斗は三年生になって転校生の女子と最近距離が近いから、付き合っているのかと思っていたけれど、彼女がいたなんて知らなかった。

見た感じ後輩っぽい。そういえば、前に少し話をした時に幼馴染がいるって言ってたような気もする。

「三琴おまたせ……って、なに見てたの？」

「ああ、春。いや、翔斗って彼女いたんだなって思って」

「え。松永くんって、青花ちゃんと付き合ってると思ってた。ほら、転校生のかわいい子」

「な。俺もそう思ってたから、なんか意外で」

俺がもし翔斗の立場だったとしたら、彼女がいるのにほかの女の子と近い距離で関わるなんて、彼女が嫌がるに決まってるから絶対しないけどなぁ。

『頑張ったのに……っ、全然、私のことなんて見てくれなかった……っ！』

振られたと言って涙を流す紘菜ちゃんを見た時に、翔斗と紘菜ちゃんが付き合っていなかったことを知った。

だけど確かに紘菜ちゃんは翔斗のことが好きで、告白して、振られた。

翔斗に向けていたかわいい笑顔はどこにもない。

目を真っ赤にして、鼻水をズルズルと啜りながらと涙を流している。

胸がぎゅうっと苦しくなった。

同じ日に振られたことへの同情もあったのかもしれない。

けれどそんな気持ちよりも強く、紘菜ちゃんには笑っていてほしいと思ったのだ。

気づいたら、俺は紘菜ちゃんの涙を拭っていた。考えるよりも先に身体が動いていて、自分の行動に驚いた。

ラーメン屋を出たあと、寛ちゃんに「お前が付き合ってない女の子にああいうことするの珍しすぎる」と言われて、簡単に肌に触れてしまったことを後悔した。

紘菜ちゃんに嫌われていませんようにと、心の中でひそかに願った。

春に振られた日、別れたという事実がじわじわと心を侵食してきてとても苦しかった。同時に、紘菜ちゃんも同じように苦しんで、ひとりで泣いているのではないかと心配になった。

翌日、たまたま学食で見かけて、成り行きで一緒にごはんを食べた。

紘菜ちゃんの目元に残る泣いたあとを見て、少しでも元気になってほしくてカフェに誘った。

同じ日に振られて同じ店でやけ食いをしたから親近感がわいていたのだと思う。

紘菜ちゃんを気にかける理由は、それだけのつもりだった。

カフェに行った帰り、紘菜ちゃんを家まで送り届ける途中で偶然翔斗と会った。

「ふたりが知り合いだったことは知らなかった」と、思わず嘘をついてしまったけれど、すぐに後悔した。

紘菜ちゃんは男慣れしていなくて単純だから、優しくされたらすぐ好きになってしまうと言う翔斗に、ひどく腹が立った。

紘菜ちゃんがどれだけ翔斗のことが好きかなんて、彼女の雰囲気や表情を見たらすぐにわかるのに、翔斗はなにもわかっていなかった。

紘菜ちゃんの気持ちを簡単に否定したことも、翔斗のせいで紘菜ちゃんが泣いていたことも、ぜんぶむかついた。

『「好き」の重みもわかんないくせに、自惚れすぎだっつってんの』

俺だったら、こんな風に紘菜ちゃんのこと泣かせたりしないのに。

失恋仲間の後輩にそんなことを思ったことに、自分でも驚いた。

紘菜ちゃんとは「先輩」と「後輩」の関係を保ったまま夏休みに入った。

連絡先は初めて遊んだ時に交換していたけれど、たかが一回遊んだだけの俺から特に用事もないのに連絡が来たら気持ち悪いって思われるかな、と不安になってしまって行動できずにいた。

紘菜ちゃんと、たわいない話をして笑い合いたい。

また甘いものを一緒に食べに行きたい。

俺が紘菜ちゃんを好きになるのは、きっと時間の問題なんだろうな。

とはいえ、思うだけでなにもできないヘタレな自分がとても嫌いだった。

こうしているうちに、あっと言う間に夏休みが終わってるんだろうなと思っていたのだ。

そんな俺にチャンスが訪れたのは、八月上旬のことだった。

「じゃあ三琴よろしく。メロンソーダとコーラと、あとアイスもな」

「手伝ってくれる心優しい人はいないわけ？」

「俺らは勉強して待ってるヨー」

「こういう時だけ真面目ぶるのやめろ」

「まあルールはルールな。じゃ、行ってらっしゃーい」

「わかったよ……」

クラスメイトの男子で、泊まり込みで勉強会をすることになった。

じゃんけんで負けた人がコンビニに買い出しに行くというルールで、綺麗にひとり負けした。

ツイてないなーと思いながら向かったコンビニで偶然紘菜ちゃんを見かけて、前言撤回。

今日はツイてる、じゃんけんで負けてよかった。

花火大会に一緒に行く約束をした時は、心の中でガッツポーズをした。

紘菜ちゃんが浴衣を着たらきっとかわいいんだろうな。

そんなことを勝手に想像して、俺はひとりでワクワクしていた。

──けれど、花火大会当日、紘菜ちゃんは浴衣を着ていなかった。

もし紘菜ちゃんが浴衣を着て来るのであれば、俺も甚平を着た方がいいかな……なんて悩んでいたのが恥ずかしくなった。

紘菜ちゃんにとって俺はただの先輩でしかないのだと、その時はっきりと自覚した。

紘菜ちゃんの浴衣姿、翔斗は何回も見たことがあるんだろうな。

俺は、紘菜ちゃんの心に入り込むことすらできない、ただの先輩止まりだ。

その事実が、どうしようもなく悲しかったのだ。

翔斗を見て傷ついた顔をする紘菜ちゃんを見るのも、彼女の口から春の話をされるのも、ぜんぶ嫌だった。

俺といる間は、俺のことだけを考えてほしかった。

俺ばっかり紘菜ちゃんのことを意識してるみたいで苦しかった。

勢いで唇を重ねてしまった時、自分の気持ちがいつの間にか紘菜ちゃんに向いていたことに気づいた。

好きなんだ、俺は、紘菜ちゃんのことが。

けれど、気づいたところでもう遅い。順番を間違えた。

なにも伝えないままキスをしてしまったことをひどく後悔した。

「ごめんね、紘菜ちゃん」

――こんなにすぐに、きみのことを好きになってしまって、ごめんね。

花火大会の二日後、寛ちゃんに遊ぼうと誘われた。

ひとりでいても紘菜ちゃんの気持ちを考えて落ち込んでしまうだけだったので、寛ちゃんに相談してみようかな……なんて思いながら出かけた。

……まさか、寛ちゃんとエナちゃんが口裏を合わせて、俺と紘菜ちゃんを話し合わせようとしていたことなんて、想像もしていなかった。

思いがけぬ形でふたりきりになって、本当は逃げ出したかった。

俺は紘菜ちゃんが好きで、紘菜ちゃんはきっとまだ翔斗のことが好きで。

新しく恋に落ちたとはいえ、春に振られたのはまだそう遠くない過去のことであって、短期間で二回も振られるのは、精神的にやっぱりキツい。

だけど、それでも。

この子だけは――紘菜ちゃんだけは、誰にも渡したくないと思ったのだ。

紘菜ちゃんに振り向いてもらいたい。俺のことを好きになってほしい。ふたりで新しい恋を始めたい。

俺の隣で、ずっと笑っていてほしいから。

「わ、私も、三琴先輩のこと、好きです」

紘菜ちゃんから返事をもらって付き合うことになった時は、飛びあがりたいくらいにうれしかった。幸せな夢を見ているのかと疑ったほど。

どうやら俺は、自分が思っていたよりもずっと、紘菜ちゃんのことが好きだったみたいだ。

絶対に大事にする。紘菜ちゃんの笑顔は俺が守る。

そう強く思ったのだ。

「おーい？　聞いてんの？　三琴」

スマホ越しに耳もとで聞こえた声にハッとする。

紘菜ちゃんとの出会いを振り返っているうちに寛ちゃんと電話していたことを忘れてた。

「ごめん、なんだっけ？」

「自分で誘っといて人の話を聞かないのはどうかと思うけど」

「すみませんでした……」

「三〇分後に店の前に集合な。あと三琴のおごり。それじゃ、またあとで」

「えっ、ちょ、寛……」

ブチッと電話を切られた。スマホの画面に表示された時刻は一三時を示している。

どうやら、ラーメン屋に一三時半に集合ってことらしい。

寛ちゃんはいつもそう。なんだかんだ言ってもちょっと優しいところがある。

ひさしぶりのラーメン。

今日はやけ食いじゃなくて、おいしく一人前を食べよう。

そんなことを思うのは、土曜の昼下がりのことだった。

ヒロインに告ぐ

文化祭を一週間後に控えた、ロングホームルームの時間。

「紘菜、その衣装《いしょう》イカしてるね。似合うじゃん」

「バカにしてない？」

「まあ、ちょっと」

「エナちゃん……」

女子更衣室《こういしつ》にて、私の頭の天辺《てっぺん》から爪先まで視線をめぐらせたエナちゃんが微妙な笑みを浮かべている。

最終的に「顔がかわいけりゃなんでもいいのよ」とよくわからない雑なフォローを入れられて、私は小さくため息を吐《つ》いた。

我が高校の文化祭は毎年一一月の頭に行われていて、今年も例年どおり第一土曜日と日曜日に開催が決まっていた。

模擬《もぎ》店などは原則として一・二年生が中心になって作りあげることになっている。というのも、三年生は受験があるので自由参加になっているのだ。勉強に集中したい人は参加しなくても問題ないらしい。

しかしながら、学生にとって文化祭というイベントが最大の青春活動であることも確か。

そのため、毎年もう進路の決まった生徒だけでなく、勉強の息抜きがてら参加する三年生が大半みたいだ。

私たちのクラスはおばけ屋敷《やしき》をやることになっていて、今の時期は、衣装合わせと看板づくりのふたつを並行《へいこう》してやることになっている。

私が着せられたのは真っ白なワンピースを真っ赤な絵の具でぐちゃぐちゃに汚したものだった。

私が女性の幽霊役を任されたのは、「黒髪ロングで色白で華奢《きゃしゃ》だから」らしい。

今日は衣装確認なのでいつもどおりの顔だけど、どうやら当日は裏方《うらかた》の運営担当であるエナちゃんがメイクをしてくれるみたいだ。

「私も裏方がよかった」

「ミスコン出る人は顔におばけメイクしちゃダメなんだって言われたんだもん」

「かわいい人はいいなぁ……」

「紘菜も美人幽霊役、いいじゃん。似合ってるって」

エナちゃん、絶対に私のことをバカにしてる。

むっと口をとがらせれば、エナちゃんは「ごめんって」と笑いながら謝った。

クラスの文化祭実行委員の女の子には、「不気味《ぶきみ》な感じで立ってるだけでいいよ」と言われたので、深く考えずに引き受けた。

おばけ役の人はメイクの都合などもあるので、休憩に入るまでの時間がほかのクラスメイトに比べて長くなっているらしい。

ロングホームルームが始まってすぐ、できあがったシフトを見せてもらった。私は午前中は通しでおばけ役をやらなければならないみたいだ。……やっぱり裏方がよかったなぁ。

「てかエナちゃん、今さらだけど合わせる衣装ないのになんでついてきたの？」

「やることなくて暇だから」

「サボりじゃん」

「その言い方はやめて」

「看板作り手伝えばいいのに……って、あ。エナちゃんじつは不器用《ぶきよう》なんだったよね、ごめん」

「ねぇバカにしてる？」

「ごめんねエナちゃん、そんなに睨まないで……」

衣装を脱いで再び制服に着替えた私と、暇つぶしについてきてくれたエナちゃんは、そんな会話をしながら教室に戻った。

教室では看板作りが行われていたので、教室のドアを開けると、なんとなく美術室と同じ匂いがした。

「あ、紘菜ちゃん、エナちゃん」

教室に入ると、私たちに気づいた委員長が「ちょうどよかったぁ」と言いながら、こちらに寄ってきた。

「あのさ、エナちゃんも一緒にお願いしたいんだけど、絵の具が足りなくなっちゃってさ、買い出しお願いしたいんだよね」

「あ、いいよー」

「どうせ暇だしね」

暇っていうか、エナちゃんはサボっていただけだけど……と、その言葉は怒られたくないので言わないでおいた。

委員長はわかりやすく表情を明るく変えると、ポケットから小さいサイズの封筒を取り出して私に手渡した。

「これ、さっき先生から預《あず》かってきたお金ね。赤と黒が足りてないんだよね。あ、あと白もちょっとやばいかも」

「了解したー」

「領収書《りょうしゅうしょ》もらってきてね。めちゃくちゃ急ぎでもないから、ゆっくりでいいよー」

今日のロングホームルームの時間は文化祭前ということもあって二時間連続になっているので、この時間から行くと休み時間をまたぐことになるだろう。

委員長はそのことも考えたうえで優しい言葉をかけてくれた。

さすが、我がクラスの委員長。

「エナちゃん、看板作りから逃れられてよかったね」

「それ、委員長に絶対に言わないでね」

「言わないから、そんなに睨まないで……」

——と、買い出しという名のサボリに出た、はずだったんだけど……。

「単刀直入《たんとうちょくにゅう》に言うね」

「……」

「私、諦めたくないの。三琴のこと、やっぱりまだ好きだから」

——なにがどうなって、私は春先輩に宣戦布告《せんせんふこく》されているのだろうか。

遡《さかのぼ》ること十分前。

学校の近くにあるショッピングモールにたどり着いた私たちは、無事委員長に頼まれたとおりの色の絵の具を買うことができた。

出口に向かって店内を歩きながら、絵の具が入った袋をぶら下げたエナちゃんが「あ」と声をあげる。

「百均で買いたいものあったんだった。ついでだし、買ってきてもいい？」

「しっかりサボってるね、エナちゃん」

「ついでよ。駅の百均よりここの方が品揃えいいんだもん」

「確かに」

効率《こうりつ》主義のエナちゃんは、どうやら個人的な買い物もすませてしまうつもりらしい。

とはいえ、私もトイレに行きたかったのでその旨を伝え、エナちゃんとはトイレの正面にあるベンチで再び待ち合わせることになったのだ。

「ていうか春、今年もミスコン出るんだってね」

「……あー、うん。一応」

「私の後輩が喜んでたよー、『春先輩は国公立コースだから、もしかしたら文化祭には出ないかもと思ってダメ元で声かけたから、まさかオッケーしてもらえるとは思わなかったんです』って」

「喜んでもらえたなら、よかったよ」

――そんな声が聞こえたのは、トイレをすまして個室のドアを開けようとしていた時のことだった。

どちらも聞き覚えのある声。

コンビニで偶然耳にしたあの声と似ている。

おまけに「春」「ミスコン」ときたら、私が思い浮かべた人が正解で間違いないだろう。

鍵《かぎ》を開けようとしていた手を止め、息を潜《ひそ》めてふたりの会話に耳を澄ませる。

「でもあれだね、今回は春自身のためでもあるよね」

「んー?」

「ミスコンのジンクス。ほら、優勝者同士が結ばれる運命ってやつ、期待してるんでしょ」

「……まさか」

「そお? 去年はもうすでに春と三琴くんは付き合ってたけど、優勝者ふたりがカップルっていうのは本当じゃん?」

ミス・ミスターコンテストのジンクスの話は、校内ではわりと有名な話だ。

『ミスに選ばれたものとミスターに選ばれたものは結ばれる運命にある』という、なんともわかりやすくてありきたりなジンクス。

けれど、これがどうも当たるらしいのだ。

実際に、ここ数年は優勝者同士でカップルができているらしい。

お友達さんの言うとおり、去年のこの時期にはすでに春先輩と三琴先輩は付き合っていたので、優勝者同士がくっつくというジンクス自体はあながちハズレでもない。

三琴先輩が今年もコンテストに出ることになった話は聞いていた。

三琴先輩の綺麗な顔は学校中の人がすでに知っていることで、春先輩の美貌《びぼう》もまた同様だ。

ふたりしてコンテストに出るということは、今年も揃って二連覇《れんぱ》する可能性だって大いにある。

そして、春先輩はそのジンクスに期待している。

それってつまり──。

「やー、でも三琴くんに新しい彼女ができたのは驚いたけど。しかもあの、コンビニ店員の女の子って、偶然すぎるでしょ。春はまた告白するために彼氏と別れたのに、ホントあんたらタイミングが合わないね」

「勝手に私がビビって逃げただけだから……自業自得《じごうじとく》だよ」

「私は春のこと、応援してるよ」

どくん、どくん、ざわ、ざわ。

春先輩は三琴先輩のことが好き。

よりを戻そうとしている。

私が三琴先輩と付き合っていなかったら、きっと今頃もうふたりは復縁《ふくえん》していたのだろう。

……ああ、なんか、泣きたくなってきた。

三琴先輩の彼女は私、三琴先輩が好きなのは私……って、何度も言い聞かせてきたはずなのに、ちょっとでも胸がざわつくとすぐに揺《ゆ》らいでしまう。

「てか、三琴くんってあれでしょ、春の存在をその子で無理やり埋めてるとかでしょ」

その言葉が聞こえた瞬間、黙って聞いていることに限界が来た私は個室の鍵を開けていた。

視線の先にいる、振り返った春先輩と目が合う。

その隣にいたお友達さんは、『まずい』とでも言いたげに、見るからに焦《あせ》った表情を浮かべていた。

「……すみません、聞くつもりはなくて」

「……あ、いや、……こちらこそ」

自分に自信がもてない。

春先輩と私じゃ、比べる対象にもならない。

わかっている。わかっていた。

そんなこと、最初からずっと痛いほど感じている。

だけど、それでも三琴先輩のことが好きだという揺るがない気持ちが、たまらなく苦しい。

「ごめん、……ニナ……ちょっとこの子とふたりで話したいから、先に図書館行っててくれる？」

お友達さんの名前はニナというらしい。

春先輩が落ち着いた声で彼女にそう言うと、ニナさんは「……わかった」と短く返事をしてすぐにトイレを出ていった。

「あの……大槻さん、だったよね」

前にコンビニで会った時に名乗った名字を覚えていてくれたみたいだ。こくりとうなずくと、春先輩はゆっくり口を開いた。

「ここじゃなんだから、外のベンチで少しだけ話さない？」

「……わかりました」

そう答える以外の選択肢《せんたくし》はなかった。

前は私が一方的に話しかけてしまったから、春先輩と向き合って話すのは初めてだ。

春先輩に許可を取って、私はエナちゃんに『春先輩と会った。あとで話すから、先に学校戻ってて』とメッセージを送る。

エナちゃんからはすぐに『わかった。頑張って』と短い返信が来たので、既読《きどく》だけつけてスマホをポケットにしまった。

トイレを出た私と春先輩は、本来エナちゃんと合流する予定だった正面のベンチにひとり分の距離を空けて座った。

「大槻さんは模擬店の買い出し、かな？」

少しの沈黙の後、春先輩が少しだけ掠れた声で言った。たわいない言葉だけど、緊張しているのが私にも伝わる。

小さくうなずくと、「文化祭……もうすぐだね」と沈黙つなぎの言葉が帰ってきた。

春先輩は、ニナさんと図書館に行く途中で、少しだけ立ち寄っただけらしい。

文化祭前のロングホームルームの時間は、三年生はやることがないので自習という名の下校ができる仕組みになっていると、春先輩がたった今教えてくれた。

「あの、大槻さん……今、三琴と付き合ってるって本当?」

話題が切り替わったのは、唐突だった。

どきり、心臓が音を立てる。

「……本当です」

「そう、だよね。……うん、知ってたから、大丈夫」

「……」

「単刀直入に言うね。私――」

――それで、話は戻るのである。

「私、諦めたくないの。三琴のこと、やっぱりまだ好きだから」

――紘菜ちゃんのこと……、好きみたい。

三琴先輩に告白されたあの日のシーンが蘇る。

私も、三琴先輩のこと、好きです。

けれど、春先輩のまっすぐな瞳に捕らわれて、私はなにも言い返すことができなかった。

『喧嘩してたっていうか……』

『あんまり仲良さげに見えなかったな』

『春はまた告白するために彼氏と別れたのに』

『春の存在をその子で無理やり埋めてるとかでしょ』

真渡くんが言っていた。

ニナさんが言っていた。

春先輩は、もう、とっくに動き出していたんだ。

過去を引きずっているわけでも立ち止まっているのでもなく、三琴先輩を振り向かせるために頑張ろうとしている。

「三琴のこと、あなたに渡したくないの」

「……っ」

「……前に私のことを『ちゃんと愛されてた』って言ってたけど、それ、同じ言葉をあなたに返すね。……羨ましいくらい、三琴はあなたのことちゃんと好きだと思う」

そうだといいなって何度も思っていた。

……いや、今も思っている。

自分で言うには自信がなくて、春先輩に今そう言われて、三琴先輩からもらう「好き」がよりリアルになった。

けれど、私は知っている。

愛は永遠じゃない。

私が三琴先輩と出会ったことで、翔斗を早い期間で忘れられたことがそれをものがたっている。

人の気持ちは些細《ささい》なきっかけで簡単に揺らいでしまうものだ。

三琴先輩が、春先輩からのアクションを受けたあとでも、私のことを変わらず好きだと言ってくれるか、保証なんてどこにもない。

三琴先輩にずっと好きでいてもらうには、私だってちゃんと頑張らなければいけないんだ。

「もう逃げないって決めたよ」

「……春先輩」

「あなたが泣いても同情なんかしない。……だからあなたも、私に気は使わないで。遠慮もなし。きっとあなたにたくさん嫉妬もするだろうし、自分が三琴の彼女だった時にほかの女の子にされて嫌だったことも、あなたにしちゃうかもしれないけど、悪く思わないで。……私、本気だから」

かつて三琴先輩にとってヒロインだった彼女からの宣戦布告。

こんな日が来るなんて思いもしなかった。

けれど、でも。

春先輩と同じくらい私も本気だ。

三琴先輩からも春先輩からも、向き合う前から弱気になって逃げ出し、不安になるのはもう終わりにする。

私が三琴先輩のヒロインになるんだ、絶対に。

「……私も負けません」

意を決したようにうなずきながら反応した私の答えに、春先輩は満足したように小さく微笑んだ。

キスして抱きしめて

「なるほどねぇ……」

——春先輩と偶然に会って宣戦布告を受けたあとのこと。

再び学校に着くと、先に戻っていたエナちゃんからさっそく事情聴取《じじょうちょうしゅ》を受ける羽目《はめ》になった。

いや、あとで詳しく話すと言ったのは私だし、ひとりでこの気持ちを抱えられそうにもなかったからいいんだけど。

教室内では相変わらず看板作りが行われていて、私とエナちゃんは教室の隅《すみ》に追いやられた机で、宣伝用のチラシをふたつ折りにする作業を任《まか》されていた。

作業をしながら、春先輩と話したことをエナちゃんと共有する。

「私、本当に大丈夫かな……」

「それは知らないけど。うなずいたのは紘菜でしょ」

「うっ……そうだけど……」

うなずいたのは私。そのとおりだ。

『負けません』なんて言っておいて、そのくせその数十分後にこうして弱音《よわね》を吐《は》いているようじゃダメだ。

三琴先輩は奪わせない。

私以外を意識する暇もないくらい夢中にさせる。

そのために、私がまず踏み出すべき一歩は——。

「紘菜の場合、まず三琴先輩との距離感で抱えてたもやもやをなくさないと、始まらないね」

「……う、わかってたから先に言わないでよ」

三琴先輩と恋人らしいことができていないと悩んでいたことは、まだ解決したわけではなかった。

真渡くんやエナちゃんにそのことを相談した時から、状況はなにひとつ変わっていない。

三琴先輩とは変わらずお昼ごはんを一緒に食べて、下校も一緒にしてはいるけれど、依然として指一本触れられていないのだ。

　まずは、どうにかしてこの状況を打破《だは》しなければ。

「弱気で消極的な女がかわいいっていわれる時代はもう終わったのよ。なるべきは強い女」

「それ、エナちゃんの好みじゃん」

「そうだけど。三琴先輩くらいヘタレな人には、強い女の方がバランス取れるじゃない」

「三琴先輩は、べつにヘタレなわけじゃ……」

「なくないね。この前、寛太先輩も言ってたもん」

「エナちゃんの寛太先輩情報は、怖すぎるからぁ……」

　本当に、エナちゃんと寛太先輩は一体どういう関係なのだろう。

　つねに最新の情報交換をしているみたいだけれど……、「〝まだ〟付き合っていない」らしいし。

　私が知らないところでふたりは会っているんだろうか、とかそんなことを密かに思っている。

「まあでも、あれだね」

チラシを折っていた手を止めたエナちゃんが机に頬杖をついた。

「紘菜、すっかりヒロインだね」

「え？」

「美人のライバル出現ってさ。ヒロインらしくていいじゃん」

エナちゃんがふっと笑う。

敵はなるべく少ない方がいいけれど……と思いつつも、一生脇役にしかなれないと思っていたからこそ、ずっとそばで見てくれていたエナちゃんにそう言われたのがうれしくて、つられて私も笑った。

「私はずっと応援してる。三琴先輩と紘菜、お似合いだもん」

「……最近エナちゃん優しいから、ちょっと怖い」

「なんでよ」

「エナちゃんはいつも現実を見せてくる担当じゃん……」

「担当って……」

「だ、だって翔斗に振られた時も、慰めるっていうより『やっと気づいたのね』みたいな感じだったし」

「でも事実だったじゃん。今だから正直に言うけどさ、翔斗くんが思わせぶりしすぎてて紘菜が可哀想だったんだもん。でも今、紘菜と三琴先輩を応援してるのも、お似合いだっていうのも事実だよ」

……確かに。

てっきり結ばれると思っていたから、あんな風に突然出てきた転校生に奪われるなんて予想外すぎたし。

「エナちゃん、ありがとう……」

「なんのお礼？」

「この世に存在してくれてるお礼」

「それこそ怖すぎ」

もっと頑張らなければ。

ヒロインは、ライバルの登場ごときに打ちのめされたりしないから。

三年生の教室がある廊下を通るのは初めてだった。

午後の授業がロングホームルームで、三年生にとっては自由時間だったこともあり、生徒の姿があまりなかったことが幸いだった。

静かな廊下を渡り、「三—C」のプレートがかけられた教室にたどり着く。

ドキドキと音を立てる胸を落ち着かせるように、大きく深呼吸をして、そっとドアを開ける。

入ってすぐ、視界に映ったのは、窓際《まどぎわ》の列の真ん中あたりの席で上半身を机に預けて眠る男子生徒の姿だった。

「〝善は急げ〟よ」

エナちゃんにそう言われて、私は三琴先輩に連絡をしたのだった。

今日はもともと一緒に帰る予定ではなかった。

三琴先輩はもう進路が決まったから、もしかしたら誰かと遊んでいるかもしれないし、そうでなければもう家に帰っているかもしれない。

けれどもし、今日会えることになったら、すこし頑張ってみようと思ったのだ。

『三琴先輩、今どこにいますか?』

『教室にいたよ。先生に頼まれごとされてた』

『終わったらそっち行ってもいいですか？　一緒に帰りたいです』

『おっけ。待ってる』

　そんな短いやり取りをしたのが、つい三〇分ほど前の話。

　ロングホームルームが終わって、私はエナちゃんに背中を押されてこの教室にたどり着いたのである。

　眠る男子生徒——三琴先輩のもとに向かう。

　彼以外には誰もいない教室では、私の足音さえも鮮明《せんめい》に響いていた。

　机のうえで腕を組んで、それを枕にするように頭を横にして眠っている。

　腕の下敷《したじ》きになっているプリントには〝合格記〟とあり、男の人にしては綺麗な筆跡で〈三—C　古賀三琴〉と書かれた名前が覗いていた。

　先生からの頼まれごとってこれのことか、とすぐに納得する。

　毎年、学年末になると、合格記と呼ばれる薄い冊子《さっし》が一、二年生に配られるのだ。

　希望進路に合格した人の中で、先生たちが直々に依頼して、受験で大変だったことや志望動機などを簡略に書いてもらうらしい。

ずけた。

三琴先輩は成績もよかったし、なにより有名人だし、先生から指名されるのもうな

のだろう。

察するに、この合格記を書き終えて、私を待っているうちに眠りについてしまった

すやすやと気持ちよさそうに眠る彼。

綺麗な顔は寝ていても健在で、思わず見惚れてしまいそうだ。

白くてさわり心地のよさそうな肌にそっと手を伸ばしたのは、無意識だったのだと

思う。

「……三琴先輩」

ぽつりとつぶやいた好きな人の名前は、静かな空気に溶けていく。

頬を撫で、三琴先輩が確かにそこに存在していて、ほかの誰でもない私を待ってて

くれたことを噛みしめる。

三琴先輩は、まだ目を覚まさない。

好き、好き、先輩、こっち向いて。

頬を撫でていた手を止める。

欲しい、先輩のことが欲しい。

触れたい、触れられたい。

「……好きです」

気づいたら、私は自分自身先輩に影を重ねていた。

柔らかな唇の感触を感じる。

どきん、どきん、と心臓が音を立てている。

自分からその温度を知りにいくのは初めてで、これまでにない緊張と胸の高鳴りが共存していた。

多分、触れていたのは三秒にも満たない時間だったと思う。

ドキドキして、熱くて、それからどうしようもなく愛おしかった。

「──え？」

先輩が目を覚ましたのは、唇を離そうとした時のことだった。

バチッと絡み合った視線。

驚いたように瞬きをする三琴先輩に、私は、自分の頬がどんどん紅潮《こうちょう》していくのを確かに感じていた。

あれ、私、今なにをして――。

「紘菜ちゃん……寝込みを襲《おそ》うのはよくねーよ……？」

「っ、あ、ご、ごめんなさい……っ！」

三琴先輩の言葉に、とっさに身体を離して距離を取る。

あまりにも慌てたせいか、背後にあった机や椅子にぶつかってしまい、ガタガタッと大きな音が教室中に響いた。

腰が抜けたようにぺたりと床に座り込んだ私の上半身を起こされ、くしゃくしゃと髪を掻いた先輩が見下ろしている。

ばくばくと急に速くなった脈拍に、きっと真っ赤になっているであろう顔面。

ああ、違うんだ。いや、違くない。

待ってくれ、一体なにをしているんだ私は。

「紘菜ちゃん」

席を立った先輩が私の前にしゃがみ込んだ。

恥ずかしくて目を合わせるのもしんどい。先輩の瞳から逃げるようにぎゅうっと目をつぶる。

三琴先輩と触れ合うことを望んでいた。

キスがしたかった。

けれどそれは、ちゃんと先輩が起きている時に承諾《しょうだく》を得てからしようと思っていたのだ。

それなのに、勝手に体が動いたみたいな感覚……。

気持ちよさそうに眠る先輩の寝顔があまりにも綺麗で、愛おしくて。

それで、気づいた時には私は――。

「……不意打ちは困るからしちゃだめ、ね」

ムニ、と右頬をつままれる。

びっくりして目を開けると、先輩が困ったように眉尻を下げて小さく笑っていた。

先輩の冷たい指先が、熱を帯びた私の頬に触れている。

「ほっぺ、真っ赤だよ」と言われ、さらに温度が上がった。

「せ、せんぱい、」

「ん」

「わ、私とキスするの嫌ですか……っ」

「……ん？」

先輩は私にキスをされたら困るらしい。

だけど私が先輩に触れたいと思っているのも事実だ。

好きな人を困らせるようなことはしたくない。

嫌がることもしたくない。

先輩が「もうしないで」と言うのなら、もうこれからはしないことにする。さっきのキスを最後にする。

「嫌だったらもうしません……っ、でも、もしそうじゃなくて、私に魅力がないとかなら、もっと頑張ります……っ先輩」

「え、紘菜ちゃん」

「先輩っ、なんで私に触ってくれないんですかぁ……っ」

泣くつもりなんてなかったのに、もう、すべてが予定外だ。

「わた、私はっ、先輩の特別でいたいです……っ」

先輩に嫌われたくない。一緒にいたい。

この先も、先輩に愛されていたい。

「っ」

頬をつまんでいた三琴先輩の指が私の涙を拭う。優しい手つきに、また涙が出そうだった。

「あー……そっか、ごめん。俺がヘタレすぎるせいで不安にさせてたかもしんない」

「……そんっ、そんなことないです……っ」

ブンブンと首を横に振ると、三琴先輩は　ふはっと軽く笑った。

「怖かった。俺ばっかり好きだったらどうしようって」

「……っ」

初めて聞く気持ちだった。

春先輩じゃない、私に向けられた先輩の気持ち。

「紘菜ちゃんの気持ち、信用してなかったわけじゃないけど。でもやっぱ、『好き』ってさ、絶対に平等じゃなくて、その重さはどちらかに傾いているものだと思うんだよ。だから、紘菜ちゃんと気持ちの差があったとして、ひとりで傷つくのがこわかった」

「……っ」

「ダサい俺はもうやめるって言ったのに、なんも変われてなくてごめん。……けど、すげー怖い。紘菜ちゃんが俺のことなんかどうでもよくなって離れていったら俺、泣いちゃうなーって。そんなことばっかり想像してたら、紘菜ちゃんに恋人らしいことする勇気がなくなって」

私も同じだった。

春先輩が感じた怖さも、三琴先輩が誰かに取られちゃう可能性をどうしても想像してしまったからだ。

好きだ好きだと思うくせに、自分の気持ちにひとつも自信がもてないなんて……それじゃあ、いつまでたっても変われないじゃないか。

「だけどもう、そういう風に考えるのやめる」

「せんぱ……」

「ごめんね、紘菜ちゃん」

三琴先輩の瞳に捕まった。

そらすことを許されていなくて、受け入れるしか選択肢はなくて――。

でも、それは私の本望《ほんもう》だった。

三琴先輩の唇が重なる。

「ん……っ」

噛みつくような激しいキスに思わず声がもれた。

今までしてきたものとはぜんぜん違う。

三琴先輩の愛も欲望もぜんぶ乗せられたような甘いキスに、とろけてしまいそうだ。

何度も何度も角度を変えて重なるそれは、三琴先輩を感じるには十分すぎる。

いつの間にか握られていた左手にぎゅっと力が込められた。

──もう逃がさない、俺に応えて。

キスから感じ取れる三琴先輩の、今まで知らなかった〝男の子〟な一面に、胸が高鳴った。

「……これ以上はやめとこ」

熱くて甘いキスに酔《よ》いしれて脳がクラクラしてきたころ、三琴先輩はようやく唇を離すと、そう言って私の身体を抱き寄せた。

鼻腔《びくう》をくすぐる大好きな香り。

耳に心地よく届く声。

もうずっと、好きがあふれて止まらない。

「ここ、学校でよかった」

「……え」

「学校じゃなかったらさ、俺、絶対に止まんなかった」

はは、と眉尻を下げて先輩は笑った。

止めなくていいのに、と思いつつも、確かにここは学校で、教室で、いつ誰が入ってくるかわからないということを思い出して、言葉を胸にしまった。

冷静になって考えると、キスをしていたところを誰かに見られていたら、気まずいどころの話じゃないな……と少しだけ反省した。

「じゃあ、また学校でね」

結局、そのあとは三琴先輩に送ってもらって家に帰った。

またね、と言われ、明日も学校で会えるとわかっていても寂しさが募る。

つないでいた手をなかなか離さない私を不思議に思った先輩が「紘菜ちゃん？」と覗き込んできた。

突然、視界を埋めた綺麗な顔。

びっくりして肩を揺らすと、そんな私の唇に、触れるだけのキスを先輩は落とした。

「そんな寂しそうな顔しないでよ。帰りたくなくなる」

「……っ」

「あんまりかわいい顔されると　けっこうやばいからさ、ね」

ああー……無理、好き。ずるい。

三琴先輩って、なんかこう……中毒性《ちゅうどく》があるというか。ハマったら最後、ぜったい抜け出せない。

三琴先輩がプレイボーイだったらきっともう、彼と出会った女の子は全員死んでいると思う。

少しヘタレでよかったー……と、唇に残る温度を感じながら思った。

「あの、先輩」

背を向けた先輩を呼び止める。「ん?」と、彼は歩き出そうとしていた足を止めて振り返った。

「……あの、好きです」

「……」

「……大好きです。なんか、あの、すごい好きです」

先輩の瞳をまっすぐ捉え、あふれる気持ちをちゃんと言葉にする。

バカだと思われても、語彙力《ごいりょく》がないと思われてもいい。ただ本当に、いま、三琴先輩のことが好きだと思ったし、伝えたいとも思ったのだ。

「また明日も言います」と予告すると、先輩は数回瞬きをしたあと、ふっと柔らかく笑った。

「……わ、笑わないでください……」

「ごめんね、あまりにもかわいかったから」

「かわ……」

「ね、ホント俺、そのうちぶっ壊れちゃいそーだね」

ぶっ壊れちゃいそう、とは……？

先輩の言っていることがわからず首をかしげると、「きっとすぐわかると思う」とまたしても意味のわからないことを言われた。

エナちゃんといい三琴先輩といい、たまに意味深な言葉を放つのは一体なんなんだろう……。

――と、そんなことを考えていると。

「紘菜ちゃん」

三琴先輩が、今日だけで何度目か私の名前を呼んだ。

先輩に呼ばれるたびに、自分の名前がより一層好きになる。

好きな人に呼ばれる名前は、まるで魔法《まほう》の呪文みたい。

「俺も、好きだよ」

「っ」

「つーか絶対俺の方が好き。紘菜ちゃんの困った顔も泣き顔も、笑った顔もぜんぶ、死ぬほど好きだから」

「え、せんぱ……」

「あと、俺って、結構独占欲が強いのかもって最近気づいた。覚悟してた方がいーかも、ね」

ホント……一生解けそうにない恋の魔法をかけられてしまった。

恋する女の子

「前半担当のみんな、おつかれさま！　交代するから休憩《きゅうけい》に入っていいよー」

「だーっ、つかれた！」

「おつかれみんなー」

「二―Aの刑務所《けいむしょ》カフェ、行こうぜ」

「ミスコンの最終投票しないと！」

　などなど、委員長の声に午前中のおばけ役を担当していたクラスメイトたちが、一斉に自由になった身体をよろこぶように伸びをする。ずっと暗闇の中にいたこともあり、電気がやけに眩しく感じる。

　おばけ屋敷はお昼に一度三〇分の休憩が設けられていて、そこで前半と後半のおばけ役が交代することになっているのだ。

「紘菜、おつかれ」

「あ、エナちゃん」

同様にこれから休憩に入るらしいエナちゃんが声をかけてきたので、「おつかれ」と短く返事をして、幽霊の衣装のまま、制服とポーチを持って更衣室に向かった。

いつもどおり制服に着替え、おばけメイクを落としたあと、エナちゃんが「文化祭だし気合入れよ」と言って、いつも自分でする時より濃い化粧《けしょう》をしてくれた。アイラインとチークを強めに入れて、まつ毛をくるんと上げる。仕上げに赤リップをひと塗りで完成。

エナちゃん好みの〝強い女〟仕様だ。

私は見た目まで強い女を目指しているわけではないから、その化粧が似合っているか心配だったけれど、エナちゃんが「似合う」と言ってくれたので、多分、一般的に言って変ではないのだと思う。

「そういえば、ミスコンの中間速報が出たよ」

化粧ポーチに道具をしまいながら、エナちゃんが思い出したように言った。

「どこ情報?」と聞くと、「寛太先輩からメッセージ来てた」と当たり前のように返される。

「ミスの一位は春先輩だって。二連覇かなぁ」

「あー……だね」

春先輩は誰もが認める美女だ。

〝楚々〟という言葉がよく似合う女性。

そんな学校のマドンナが恋する相手は、私の彼氏。

ミスコンの話になると、やっぱりこの事実が私に焦りをもたらしてくるのは、もはや仕方のないことだった。

「ミスターの一位は三琴先輩じゃなかったよ」

「え?」

「一位、寛太先輩。二位が三琴先輩」

その結果を聞いて、意外だとは思わなかった。

そういえば三琴先輩も「寛ちゃんが一位だと思う」って言ってたっけ。

イケメン同士はやっぱり友達になるように世の中できてるんだなぁ……って思った記憶もある。

類は友を呼ぶっていうしね。

あれ、待てよ……？

三琴先輩が一位じゃないことは置いておいて、寛太先輩と春先輩が優勝したとしたら、無駄に当たるジンクスに基づくと、ふたりがいい感じになってしまうのでは。

エナちゃん、心配じゃないのかな。

いや、春先輩は三琴先輩に近いうちに告白するんだろうな、ということはわかっているし、これが余計な心配であることもわかってはいるけれど、それでも――。

「あの、エナちゃん」

「なに？」

「う、うちの学校のジンクス……知ってる、よね？」

恐る恐る聞いてみると、エナちゃんは私が言いたいことを察したのか、「ああ、そんなこと？」と、大して気にしてない口調《くちょう》で言った。

「そんなジンクス信じてないよ。だってほら、三琴先輩と春先輩だって別れたし」

「け、けど……エナちゃん、寛太先輩のこと……」

「うん、好きだけど」

――好きなんだよね？

そう言おうとした私の言葉を遮って、エナちゃんが答えをくれた。

わかっていたことなのに、いざ本人から言葉にされるとなんと言ったらいいのかわからない。

「所詮ジンクスだよ。春先輩がどう動こうと三琴先輩と紘菜が幸せになると思ってるし、もし寛太先輩と春先輩が優勝しても、私は寛太先輩に告白するって決めてる」

「えっ」

「だけどもし……もしね。寛太先輩が一位で、私も最終結果で一位になれたら、そのジンクス信じてあげてもいいかな」

エナちゃんが、寛太先輩からスマホに送られてきたであろう写真を見せてくれた。

ミスコンの速報が書かれた紙を撮った写真のようで、そこには、たった今エナちゃんから聞いたとおりの結果が書かれてあった。

ミスターの一位、二位に寛太先輩と三琴先輩の名前。それからミスの一位は春先輩。

そしてその下に書かれてある名前に――私は思わず声をあげた。

《二位　横山《よこやま》瑛那《えな》》

「えっえっえっ、エナちゃん　二位なの⁉」

「らしい」

「えっ、ええっエナちゃん！」

「『え』が多いよ紘菜」

サラリと言われた『告白する』という言葉にもかなり驚いていたのに、ミスコンの二位がまさかエナちゃんだったなんて。

驚いたものの、エナちゃんはかわいいし綺麗なので、ようやく世の中が気づいてくれたなぁ、という気持ちではあるけれど。

「私、最終投票エナちゃんに入れる。あ、もちろん中間でも入れたけど」

「友情票みたいだね」

「違うよ、ファンだよ」

「ふ、なにそれー」

そっか、そうなのか。

「エナちゃん、私いちばん応援してるからね」

「ありがと。いい報告したいから頑張る……って言っても投票結果は私じゃどうにもできないから、春先輩が優勝しちゃうかもしれないけど」

エナちゃんと寛太先輩の未来のためにも、無駄に当たるジンクスの名誉《めいよ》のためにも。

——私と三琴先輩の幸せのためにも。

エナちゃんと寛太先輩の優勝を願うばかりだ。

「ていうか紘菜、三琴先輩と一緒に回るんでしょ？　待たせてるんじゃない？」

「えっ、あ！」

「早く行ったほうがいいよ。三琴先輩は有名人だから、油断《ゆだん》してたらほかの女の子に言い寄られちゃうかもよ」

「それは困る……！　私、行くね！」

「楽しんでね」と手を振っているエナちゃんも、どうやら寛太先輩と回る約束をしているらしい。

ミスコンの結果が出て文化祭のすべてが終わったら、エナちゃんの話を聞くと約束をして、私は慌てて更衣室を出た。

「やっほー大槻さん」

「げ」

「いやいや、なに、そのあからさまに嫌そうな顔。ウケる」

三琴先輩との待ち合わせ場所に向かう途中で会ったのは、バイトの制服ではなく私服を着た真渡くんだった。

バイト歴はお互い長いけれど、職場であるコンビニ以外で会うのは多分、初めてだ。

なんでここにいるんだ……と思ったけれど、そういえば「遊びに行くかも」みたいなことを言っていたような気がしなくもない。

「来ちゃったわ」

「ひとりで？　暇なんだねホント」

「いやいや、友達と。来て早々友達がジュースぶちまけちゃってさぁ、今トイレ行ってる」

確かに、すぐそこにトイレがある。

なるほど、ここで会ったのは単なる偶然だったということか。聞くところによれば、つい一五分ほど前に来たばかりらしい。

せっかく来たのに服にジュースをこぼしてしまうなんて、お友達さん、相当不運な人だな……。

「大槻さんのクラスが何組かわかんなくて、困ってたからちょうどよかった。なにをやってるクラス？」

「おばけ屋敷」

「大槻さん何役？」

「おばけ役やってたけど、前半担当だから今日は私は終わり」

「えー！　つまんねぇ」

「意味わかんない」

つまんないってなにがだ、と思っていると、そんな私の心の声を読み取ったように「おばけ役してるのが見てみたかったのに」と言って彼は口をとがらせていた。

「彼氏とはどう？　あのあと、ちゃんと触ってもらえた？」

脈絡《みゃくらく》のない話題転換に「は……」と声をもらす。

そういう会話をこんなところで突然振るのはやめてほしい。

先輩や後輩に関係なく廊下を通る人がたくさんいるので、どこで誰に聞かれているかもわからないというのに。

「そ、そういう話はここではやめて」

「えー、なんで。だって次シフトかぶってるのいつ？　待てないんだけど」

「そのくらい待ってよ。ていうか、べつに話すことなんて……」

「俺の観察力をなめないでほしいわー。この間と全然、顔が違うし、いい感じに解決したことくらいわかるよ」

けらけらと笑う真渡くんに、私は返す言葉が見つからなかった。

そんなに顔に出ていただろうか。

私がわかりやすいだけなのか、真渡くんの観察力が飛びぬけているのか……いや、まあ、そんなことはどうでもいいんだけど。

「まあ、幸せそうならなにより」

「真渡くんに言われるのは、なんか癪《しゃく》」

「冷たいなー」

「はあ。私もう行くか、らっ」

――ズンッと肩に重みを感じた。

突然のことに語尾《ごび》が不自然に乱れる。

目の前にいた真渡くんが、私の肩越しにいるであろう人物をみて「ははーん？」なんて言って口角をあげている。

「こんなとこで道草食ってなにしてんのー」

「えっ」

大好きな香り、大好きな声。

「み、三琴先輩っ」

――大好きな人。

私の肩に手を回した三琴先輩が、「遅いよ、紘菜ちゃん」と少し拗《す》ねたような口調で言う。

いや、かわいいんですけど……って、違う、それよりも。

「せ、先輩、この人は……」

「あ、俺はただのバイト仲間の真渡です。大槻さんの下の名前も最近まで知らなかったような浅い関係なので大丈夫ですよ、先輩。心配ご無用です。ちょうど連れもトイレから帰還したので、俺は行きますね」

「え、真渡く……」

一瞬だった。

真渡くんは私が先輩に説明しようとしていたことを饒舌《じょうぜつ》に述べると、ちょうどよく男子トイレから出てきた美形の男の子のもとに向かった。

それから「またバイトでね」とだけ言うと、そのまま去っていってしまったのだ。

「……」

「……えっと、待たせてしまってすみません」

「や、うん」

取り残された私と三琴先輩の間になんともいえない気まずい空気が流れる。

三琴先輩は肩に回していた手をそっとおろす。

くるりと身体を反転させて目を合わせれば、「あー……」と声をもらした先輩は、ぽりぽりと頬を掻いて視線をそらした。

「……なんか恥ずい」

「え？」

「バイト先の同僚ってのは知ってたけど。なんか、……『紘菜ちゃんは俺の』って見せつけるみたいなことした。イヤだったらごめんね」

「真渡くん、いい人だね」と付け加えた先輩が眉尻を下げて笑った。

三琴先輩はあの日から気持ちに嘘をつかなくなった。傷つけるような内容でない限り、思ったことをちゃんと口にしてくれる。

不安になる暇もないくらい、先輩のまっすぐな思いが私に届くのだ。

前に、先輩は「独占欲が強いのかもって最近気づいた」と言っていた。

それのなにがいけないことなのだろう。

どこに謝るポイントがあったのだろう。

好きな人に、彼氏に、独占されて嫌な人がいるのだろうか。

むしろ、うれしいばかりだ。

三琴先輩の彼女は私なんだって、彼からの愛をもらうたびに実感する。

「……もっと独占していいです」

「あーもー……そういうのダメって言ったじゃん」

「……ほ、本心です」

「紘菜ちゃん、けっこう悪い女だよね」

「……上等です」

先輩の気持ちを揺さぶることができるなら、悪い女も上等だ。

「よし。紘菜ちゃん、どこから見たい？」

「料理部のスコーンが食べたいです。あとB組の巨大迷路《めいろ》も」

「いいね、行こう」

文化祭一日目は、そんな感じで平和にすごすことができた。


——文化祭二日目。

「あー……エナちゃん……エナちゃん……」

「こわ。そんな連呼《れんこ》しないで」

「エナちゃあん……」

ついさっき、前半担当の仕事を終えて休憩《きゅうけい》に入った。

今日はエナちゃんと回る約束をしていたので、一年生の模擬店の中にあった甘味処《かんみどころ》で、ふたりでお茶をしている最中、なんだけど。

一日目と打って変わり、朝から気が気ではなかった。

安定しない心を誤魔化すようにあんみつを食べる私と、そんな私を呆れたように見つめるエナちゃん。

はあ……とため息を吐かれ、なんだか泣きたくなった。

「そんなに心配なら、今から三琴先輩のところに行ったら……？」

「だ、ダメだよ！　これは女の勝負なんだもん」

「じゃあ、その不安定な情緒は立て直して」

「うっ」

現実担当のエナちゃんは、今日はあんまり優しくなかった。

それを言えばきっと「だって、それが事実だから」って言われると思ったので、口にしないことにしたけれど。

私がうじうじしている原因は、昨晩の三琴先輩との会話にあった。

「紘菜ちゃん、あのさ」

「はい」

「明日……ミスコンの結果発表終わったあと、俺、春に呼び出されてる」

「……え」

「話したいことがあるって言われた。紘菜ちゃんが嫌って言うなら行かないつもりだよ。紘菜ちゃんのせいとかじゃなく、俺が、紘菜ちゃんが嫌がることしたくないから言ってる。……って、こんな話を聞かされるのも嫌だったらごめん」

「……そ、ですか」

「嫌なら行かないよ」

「……いえ、行っていいですよ」

「無理してない？」

「大丈夫、です。これは……か、彼女のプライドです」

「ふ、そっか。プログラムの最後にある花火は一緒に見よう」

「……はい」

春先輩がついに動き出した。

ミスコンの結果が出たあとということは、やっぱりジンクスの力に頼ろうとしているのかもしれない。

ミスコンの中間発表が行われるのは一日目だけなので、二日目の今日は、後夜祭《こうやさい》の序盤《じょばん》で行われる最終結果を待つだけなのだ。

二日目の一般公開は十五時までになっている。そのあと各クラスが軽く後片づけを終えたあと、一七時から後夜祭が始まるのだ。

ミスコンの結果発表が行われたあと、軽音楽部のパフォーマンスや模擬店の売り上げが発表される。

ちなみに、売り上げトップのクラスの打ち上げ経費は校長先生が払ってくれるとかなんとか。

三琴先輩と寛太先輩は、今日は後夜祭のみに参加するらしい。

そのこともあって、今日はエナちゃんと一緒にいるわけだけど。

「行っていいよって言ったのも紘菜なんだから、ちゃんと自分の言葉に責任をもたないと」

「うん……わかってる……」

「彼女なんだからしっかりしな」

私が今日、三琴先輩と会えるのは、彼が春先輩からの告白を受けたあとだ。

ふと、前に真渡くんが言っていた言葉を思いだす。

『遠慮しなきゃいけない恋なんかないよ』

『人を好きになるのに時間も立場も関係ないし』

春先輩とはあれっきり会っていなかった。

三琴先輩と春先輩のクラスが違うことはわかっているけれど、私は三琴先輩と学年が違うので、学校生活で春先輩がどのくらい三琴先輩にアピールしていたかなどはなにも知らないのだ。

けれど、彼女だからと言って、春先輩を止める権利はないと思っている。

そして、今は付き合っているものの、春先輩の告白を受けたあとの三琴先輩の決断を否定することもできない。

だって、私がそうだったから。

春先輩のことが好きだという三琴先輩と時間を共有した過去があるから、人の行動をとがめることはできない。

「私も頑張るからさ、紘菜も一緒に頑張ろ？　……まあ、頑張るって言っても、今の紘菜は待つしか選択肢はないけどさ……」

「エナちゃん……」

今日のミスコンのあと、エナちゃんは寛太先輩に告白する。

「春先輩と考え方が同じなのが複雑だけど」と笑ったエナちゃん。

きっと、いつものポーカーフェイスに隠れているだけで、本当はすごく緊張しているのだと思う。

長年の付き合いだ。真渡くんほどではないけれど、観察力は私にもある。

「もし振られたら慰めてね」

「エナちゃんも、もし私が振られたら……」

「ないとは思うけど」

「わかんないよ……春先輩、色仕掛《いろじか》けしちゃうかもしれないじゃん」

「美人の色仕掛けは、逆にせこすぎる。まったく勝ち目がないわ」

「だよね……私なんて寄せて寄せてやっとBなのに……」

「Bもあるの？　本気？」

「待って、辛い」

文化祭のすべてが終わった時、またこうしてエナちゃんと笑えますように。

そんなことを密かに願い、食べかけのあんみつに手をつける。

私もちゃんと、現実を見なければ。

次に三琴先輩の顔を見た時に――愛おしさで泣き出してしまわないように。

優しい春は来ない　―side 春―

「……春」

その声を聞いたのはひさしぶりだった。

声がした方向に視線を移すと、そこにはかつての恋人が少しだけ気まずそうな顔をして立っていた。

体育館に続く渡り廊下。

生徒は今、ほとんどが体育館の中にいるので、この渡り廊下に人の姿はなかった。

軽音楽部のパフォーマンスの音がもれ聞こえているのに、それよりもはるかに小さな彼の足音の方が私の耳には鮮明に届く。

どくん、どくん、と心臓が音を立てた。

「……三琴」

古賀三琴。

私の元彼氏で、今もずっと好きな人。

少しだけセットされた軽めのマッシュヘアーは、私が彼に恋をした時から変わっていない。

今まで生きてきて出会った中で、彼以上に黒髪が似合う人はきっといないと思う。

それは、〝恋〟というフィルターがかかっているせいもあるだろうけれど、そう思ってもおかしくないほど、三琴は恐ろしいほど綺麗な顔をしていた。

「……来てくれてありがとう」

「うん」

「彼女、嫌がってたかな。……ごめんね」

「許可はもらって来たから平気だよ」

目を合わせてくれない……って、そりゃそうか。

この気まずさはどうにかなるものでもないし、きっとこの先も完全に消えることはないということにもなんとなく気づいている。

軽音楽部のパフォーマンスがすべて終わったら、生徒たちが一斉に体育館を出てグラウンドに向かうだろう。

もちろん、後夜祭の最後を締めくくる花火を見るためだ。

三琴のためにも、私のためにも、話は短く終わらせてしまおう。

「あのね、三琴」

私の声は、ひどく掠れていた。


恋をしたのは高校一年生の夏。

セミの声が響き渡る、ある日の放課後のことだった。

中学の頃から友達はあまりいなかった。

原因はありきたりなもので、男の子に媚《こ》びを売っているだとか、人の彼氏を取るだとか、女子の嫉妬《しっと》が絶えなかったせいだ。

自分にそんなつもりがなくても、一度目をつけられたら終わり。

幸い、幼馴染のニナがいたので、新しく友達が欲しいとも思っていなかった。

けれど、高校でも女子からの反感を買いたくはなかったので、なるべく大人しくすごすようにした。

もともと派手に騒ぐタイプではなかったけれど、男の子と必要以上に関わることをせず、これまで以上に静かな私を演じるようになってからは、入学して半年で〝高嶺《たかね》の花〟だなんだと呼ばれるようになった。

その噂を耳にした時は、「バカじゃないの」と思った。

自分の顔が客観的に見て「かわいい」「綺麗」であることは知っていた。

けれど、この顔のせいで私はニナ以外に友達がいなかったし、周りの目を気にして中学ではまともに恋もできなかった。

告白は何度かされたけれど、陰口《かげぐち》でおさまらず、いじめられたらどうしようという恐怖もあって、すこし気になっていた男子からの告白さえも、受け入れることができなかったのだ。

自分が〝高嶺の花〟と呼ばれる器《うつわ》じゃないことなんて、自分が一番よく知っていた。

私は人目ばかりを気にするくだらない人間で、恋も友情もそれほど知らない。

本当の自分がこれまでどんな風に人に触れていたかも、もはや思い出せない。

クールだの楚々だのといわれる私は、ぜんぶ作りものなのに。

見てもらえているのはこの顔のおかげ。

この顔がなかったら、私は何者にもなれない。

そう、思っていた。

――あの日、きみがあの言葉をくれるまでは。

夏休み前の放課後。

その日、私は下校途中に教室にスマホを忘れたことを思い出して、取りに戻ったのだった。

私はいつもホームルームが終わるとすぐに教室を出るので、放課後の教室の様子などは、この時までなにも知らなかった。

静けさに包まれた廊下を渡ると、教室に近づくにつれて誰かが話している声が聞こえた。

誰か残って話しているのかもしれない。

うちの学校は部活に入ることが強制ではないので、私が知らないだけで、放課後に残って話をしている人は多いのかもしれないな……と、そんなことを思いながらドアを開けようとした時。

「ぶっちゃけ、このクラスで狙ってる女子いる？」

そんな声が聞こえ、反射的に、ドアを開けようとしていた手を止めた。

マンガや小説でよくある展開だ。

あれは現実的にちゃんと起こりうることなのだと、この時初めて知った。

ガラス越しにちらりと中を覗くと、そこにはクラスメイトの男子が五人ほど集まっている姿がうかがえた。

佐藤《さとう》くん、高野《たかの》くん、阿部《あべ》くん。

それから——木場《きば》くんと古賀くんもいる。

男子とはあまり話さないので、それぞれの印象などはあまりわからないけれど、木場寛太くんと古賀三琴くんのふたり組がかっこいいと一年生の間で噂になっているのは、友達がいない私でも知っていることだった。

勝手に、同世代の女子に興味がないのかなー……と思ったりもしていた。

同級生の中では、どこか大人びて見えていたので、放課後に男子同士でするこういう話題にふたりが混ざっていることがなんだか意外だった。

「俺は笹原《ささはら》だなー。かわいいじゃん、なんか愛されキャラっつうか」

「あー、わかる。声もかわいいしな」

「松野《まつの》もかわいくね？　俺、ショートカット好きなんだよな」

「木場は彼女いるもんなぁ。Ａ組の高橋《たかはし》さんだっけ？」

「いや、別れた」

「は⁉　二カ月くらいじゃねーの！　贅沢かよお前！」

「いろいろあんだよ」

「三琴は？」

「いや、俺は」

「なんだよ、もったいぶんなよー」

「言っちゃえよー」

盗み聞きするのはよくないとわかっているのに、彼等の会話が気になってなかなかスマホを取りに行けずにいるうちに、話はどんどん進んでいく。

木場くん、彼女いたんだなぁ。

ということは古賀くんも、実はいるのかな。

まあ、あれだけかっこいいし、いない方がおかしいよね──って。

「……俺は椎葉《しいば》さん、かな」

そんな私の耳に、古賀くんのクリアな声が届いた。

「椎葉って、椎葉春？　いやー三琴、それ言えるのお前だけだって。高嶺の花じゃん、俺らのことなんて眼中《がんちゅう》にもねえよ」

「や、そうじゃなくてさ、……うーんなんだろ、誰にも見せてない一面がありそうっていうか」

「じつは腹黒《はらぐろ》とかそういうこと？」

「逆だよ。高嶺の花とかさ、周りが持ちあげてるだけで、本人は喜んでない場合がほとんどだろ。……それも含めて、椎葉さんのことはちょっと気になるかも」

椎葉は私の名字だ。

古賀くんと話したのなんて数える程度で、記憶に残るような会話をした覚えがないので、ただただ彼の言葉が信じられなかった。

けれど、でも、古賀くんが私の顔じゃない部分に興味をもってくれたのが、純粋にうれしかったのだ。

「三琴がそうだったもんな。中学の時、三琴の顔が好きって言ってきた女子みんな、お前がなにか失敗しただけで、白けた目むけてくんの。三琴だって人間だし、失敗もするし、ダサいとこだってたくさんあんのになぁ」

「もー……寛ちゃん、勝手に言うのやめろよ」

「三琴が椎葉に惹《ひ》かれるのはさ、ちょっと自分に似てるところがあるからだろ」

――あの胸の高鳴りをずっと覚えている。

結局その後、私はドアのところで立ち尽くしているのが見つかってしまって、寛太くんが気を回して私と三琴をふたりにしてくれたんだっけ。

佐藤くんたちはにやにやしながら帰って行って、残された三琴は顔を真っ赤にしていた。

あれが、私と三琴が交わるきっかけだった。

そこから仲良くなって、距離を縮《ちぢ》めて、恋人同士になったんだ。

三琴は私の初恋だった。

あの時から今日までずっと、私はきみのことが好きなんだ。

「三琴のこと、あんな形で手離したの……すごく後悔した」

震えた声。

ああ、なんて情けないの。

「三琴にいつか振られるのが怖くて、無理やりほかに彼氏を作ってまで忘れようとしたのに無理だった。……ごめんね、こんな今さら」

「……」

「三琴と一緒にいたかった。大切にしたかった。……なのに、あんな風に傷つけてごめん。ちゃんと話そうとしなくて……っ、ごめん」

泣くな、私。

こみあげる涙を必死にこらえる。

泣いたってもう遅い。泣いたところで、この涙を拭ってくれるのはもう彼じゃない。

そうとわかっていても伝えたかったのは、
最後に三琴と向き合うことを選んだのは。

「……あの子に背中押されたから」

「……あの子？」

――突然振られてわけもわからず、劣等感《れっとう》に押しつぶされそうになって、とりあえずラーメンやけ食いするしかやってけない気持ちがわかりますか？

今なら、わかるかもしれない。

今日なら、ラーメン十杯食べられるかもしれない。

パフェもパンケーキも五人前くらいいけちゃうかもなぁ……なんて、やけ食いをしたくなる気持ちが、今になってようやくわかった。

誰にもあげたくなかった。

奪えるものなら奪いたかった。

けれど、悔しいことにわかってしまうのだ。

「三琴の彼女が、教えてくれたの」

――きみが、あの子に惹かれた理由が。

「……ね、三琴。好きだったよ」

「うん……俺も、好きだった」

好きだった。

私に向けられたその気持ちは、もう過去形だ。

優しすぎるところも、すこしヘタレなところも、照れ屋なところも――ぜんぶ、本当に好きだった。

三琴にとってのヒロインになれて、私は幸せだった。

もう今日で終わりにしよう。

私も、きみを諦めて前に進むことにする。

私たちの間に、優しい春は、もう来ないのだから。

「大槻さん、待ってるんじゃない？」

「……うん」

「大槻さんに伝えてほしいの、『ありがとう』って」

「……自分では言わねーの？」

「先輩の、……元彼女のプライドがあるの」

「……そっか、わかった」

「……言い忘れてた。三琴、ミスコンおめでとう」

「春も」

「お互い準優勝なんて、イヤな運命だなぁ」

「けど、今年の優勝、ふさわしいふたりだった」

「もうそろそろ、体育館からみんな出てきちゃうかもね」

「ん。俺も、もう行くよ」

「……ありがとう、来てくれて」

「さっきも聞いたよ」

「うん。でもありがとう」

「……いーえ」

「……バイバイ」

私たちの気持ちは、完全に過去になった。

ジンクスは信じない

三琴先輩まだかな……。

にぎわうグラウンドから少し離れたところに位置するベンチに腰を下ろし、通知の来ないスマホを握りしめては、画面をつけたり消したりして時間を確かめる。

時刻は一八時を回ろうとしていた。

後夜祭の花火は一八時半からの予定になっている。

ミスコンを終え、軽音楽部のパフォーマンスがついさっき終わった。体育館から一斉に生徒たちが出てきてグラウンドに向かっていく姿を見つめる。

花火があがる一八時半までの間は、告白タイムになるらしい。

グラウンドにいるカップルの中に、エナちゃんと寛太先輩もいるんだよなぁー……と、遠目で見つめながらぼんやりと思う。

秋も終わりに近いこともあって、この時間はすっかり日は落ちていて、ブレザーを着ていてもすこし肌寒い。

ぶるっと小さく震え、カーディガンの裾《すそ》を伸ばして両手を覆った。

三琴先輩は、まだ、来ない。

——遡ること、一時間ほど前の話。

「エナちゃん、いよいよだね……！」

「……うん」

「緊張してるエナちゃんレアすぎる。写真撮ってもいい？」

「ダメ。バカじゃないの」

「ぎゃっ！　痛いエナちゃん、ほっぺがちぎれる……」

模擬店の後片づけを終え、いよいよミスコンの結果発表が行われようとしていた。

スマホのカメラを向けると、エナちゃんにぎゅうう——……と頬をつままれた。

これがまた結構、痛いのである。

「嘘だよ、ごめんね……」と半泣きで謝れば、エナちゃんはむっと口をとがらせていた。

ミスとミスターの上位三名に選ばれた者は、ステージに上がって一分間コメントをしなければならない決まりになっている。

昨日の中間速報でエナちゃんは二位だったので、今日も三位以上は確実だ。

ちなみに、三琴先輩と寛太先輩も同様である。

いつになく緊張しているエナちゃんを見て、私もつられてドキドキしてしまう。

エナちゃんは、優勝したら寛太先輩に告白をする。

春先輩は、優勝したら三琴先輩に告白をする。

三琴先輩と寛太先輩の考えていることが今いちわからなくて、朝から落ち着かなかった心臓は、さらにばくばくと音を立てていた。

今日はまだ一度も三琴先輩に会っていない。

連絡も、お昼に一度たわいないメッセージのやり取りをしただけで、今は送ったスタンプに既読がついたままそこで終わっている。

ミスコンの優勝候補ということもあり、きっと、もうこの体育館の中のどこかにはいるんだと思うけれど、全校生徒がステージに向かってぎゅうぎゅうに集まっているので、見つけることは困難だろう。

「先輩たち、どこにいるんだろうね」

「わかんない。……まあ、どうせステージに上がるから、すぐわかるでしょ」

「エナちゃんも有名人だね」

「紘菜の友情票を信じる」

「ファン投票だってば」

――と、そんな会話をしていると。

「さーて！　皆さん、お待たせいたしましたぁ！」

MCの男子生徒の軽快な声とともに、ステージの照明がパチッとつけられる。

生徒たちの盛りあがる声があちらこちらから聞こえ、エナちゃんが「あー、なんか怖くなってきた……」と小さく耳打ちしてきた。

エナちゃんが怖いのはミスコンの結果ではなく、そのあとに寛太先輩と会うことが、だと思う。

「みなさん盛りあがってますかー!?」と、常時テンション高めで進められていく後夜祭。

「では、いよいよミス・ミスターコンテストの結果発表に参りましょう！」

――ついに、その時は来た。

ＭＣの進行によって、十位からミスとミスターが交互に発表されていき、呼ばれた人はステージに上がってひと言だけコメントを言っていく。

選ばれているのは半分以上が三年生で、隣で黙々と結果を待つエナちゃんの横顔を見て、「二年生のマドンナじゃん、エナちゃん……！」と勝手に誇らしげに思ったりもした。

「さて、残すは一位と二位のみになりましたね。中間速報では二年生の横山さんが初登場でかなりの人気を誇っておりましたが――おおっと！　これは意外な結果になりましたね！　それでは優勝を発表させていただきます！」

この学校のジンクスは当たるという噂だ。

ミス・ミスターコンテストの優勝者同士は結ばれる運命にある。去年の優勝者は三琴先輩と春先輩だった。

例年、三年生が優勝することが多かったので、ミスとミスターでそろって二年生が受賞するというのは珍しいことだったらしい。

当時一年生だった私は、ステージ上に並ぶふたりの姿を見て、なにも知らないまま〝お似合いだ〟と思った。

観客席から「カップル受賞おめでとう」「ベストカップル」なんていう声が聞こえてきて、ああ、このふたりはすでに付き合っていて、それは誰もが認める現実なんだな、と、そう思っていた。

カップル受賞ということもあって、周りの持ち上げにより、ステージ上でふたりが並んで写真を撮られていた。

三琴先輩は照れくさそうにしながらも春先輩に寄り添っていたし、春先輩も幸せそうに笑っていた。

覚えている。

あの時の記憶が、気持ちが、蘇《よみがえ》る。

私も、かつて好きだった幼馴染――翔斗とこうなりたいと思っていた。

お似合いだといわれたかった。

「翔斗くんには紘菜しかいないよね」って、誰かに認められたかった。

あの頃の私はただ漠然と恋にあこがれていて、翔斗を失わないように必死だった。

けれど、好意を抱いていたのは私だけで、勇気を振り絞った渾身《こんしん》の告白は玉砕《ぎょくさい》。

初恋はあっけなく終わりを告げた。

辛かった。苦しかった。

こんな風に傷つくくらいならもう恋なんてしたくない。餃子を食べてもラーメンを食べても、満たされるのは胃袋《いぶくろ》だけ。

けれど──そんな私をまるごと抱きしめてくれる人が現れた。

ミスターコン優勝者の彼は、ミスコン優勝者の先輩に振られたと言った。

ラーメンをやけ食いしていた。

辛いと言っていた。

幸せになりたいと言っていた。

冷たい指先できみが私の涙を拭ってくれたあの日から──もう、すべてが変わり始めていたんだ。

ミスコンに出ていなくて観客席で眺めているだけだって、ライバルが高嶺の花だって、誰になんと言われようと、私のものがたりのヒロインは私だ。

ジンクスは信じない。

ジンクスなんかなくたって、私の幸せは自分で掴む。

「今年度、ミス・ミスターコンテスト、優勝者は──」

――けど、まあ、大好きな友達の恋路を応援してくれるなら、少しだけ、信じてあげてもいい。


「エナちゃん！」

「……うん、私、先輩のところに行ってくる」

「絶対、ぜっったい！　大丈夫だからね！」

「……ありがと。紘菜も、痕のひとつやふたつ、つけてきなよ」

「なっ、なな、なに言ってんの？　エナちゃん、破廉恥だよ」

「冗談。けど、三琴先輩はなんだかんだ、そういうの喜びそうだよね」

「エナちゃん⁉」

「紘菜は軽音部の演奏を見に行くの？」

「んーん、先輩が来るまでなんか落ち着かないし、外か教室でひとりでたそがれる」

「そう。外は寒いからおばけの衣装でも持っていきなね」

「絶対、私のことバカにしているでしょ、エナちゃん……」

「……今日、家に帰ったら報告の電話してもいい？」

「もちろんだよ！　待ってるから、頑張ってきてね」

「うん」

「エナちゃん」

「ん？」

「今日だけ、ジンクス、信じちゃおう」

ミスコンの表彰が終わり、エナちゃんは寛太先輩に想いを伝えに行った。

三琴先輩のことは、ステージ上でしゃべる姿を見ただけで、そのあとはどこに行ったか知らない。

ミスコン後に春先輩と約束していることは知っているけれど、待ち合わせ場所がどこだとか、何時に約束しているとか、そういうのはなにも聞いていなかった。

不安な気持ちが募る。

恋はまるでジェットコースターだ。

エナちゃんに何度も背中を押されて、真渡くんにアドバイスをもらって、今度こそ大丈夫、ヒロインは私……と、言い聞かせてきたはずなのに、気持ちはやっぱり落ち着かない。

結局、一番の安心材料は三琴先輩であり、先輩からもらう言葉と愛がないと、どうしようもないような気もしているのだ。

恋はそういうものだと、三琴先輩と付き合ってから知った。

ひとりは寂しい。心細い。

三琴先輩、はやく戻ってきて――。

「……紘菜ちゃん」

その声は……。

時々、先輩はエスパーなんじゃないかと思う時がある。

私の心の声が聞こえたかのように、欲しいと思っていた言葉をくれたり、会いたいと思ったタイミングで現れたり。

私は単純で、だけどちょっとだけ乙女《おとめ》だから、こういうのをすぐに〝運命〟だと呼んでしまいたくなるのだ。

「先輩……」

「待たせてごめんね、寒かったよね」

三琴先輩はそう言って私のもとに来ると、膝の上で握りしめていた両手に自分の手を重ね、優しく包み込んだ。

「冷えてんね」と申し訳なさそうに眉尻を下げた先輩に、私はブンブンと首を横に振る。

外を選んだのは私の意思だ。

肌寒いことを承知で、秋の澄んだ空気に囲まれてひとりで心を落ち着かせたかった。

……あと、楽しみにしていた軽音楽部のパフォーマンスを見に行かなかったのは、エナちゃんも三琴先輩もいない中で、大勢に囲まれてバンド演奏を見て盛りあがれる自信がなかったから。

「……先輩、どうして私がここにいるってわかったんですか？」

「よいしょ」なんてかわいいことを言いながら、私の隣に座った三琴先輩に、そう問う。

私がいるこの場所はグラウンドの端っこだ。

このベンチからは体育館の入り口はかろうじて見えるけれど、体育館側からは木陰で死角《しかく》になっているので、私がここにいるなんてわかるはずもない。

「紘菜ちゃんの教室に行ったんだけどいなくて。そしたら、たまたま、教室の窓から紘菜ちゃんっぽい人が見えた」

「えっ、すみません……教室にいればよかったですね」

「いや、いーのいーの。連絡しないで勝手に探したの俺だし」

私の教室は三階にあって、確かに窓からグラウンドを見渡せるようになっている。

そのことはすっかり頭から抜けていたので、三琴先輩が気づいてくれてよかったな、と内心ほっとした。

それにしても本当に、連絡を入れてくれたら、私が教室まで行ったのに。

三琴先輩はどうしてわざわざ手間のかかることをしたのだろう……と、そんな疑問を抱く。

「なんか、……見つけてあげたいって思った」

「え?」

私の心の声に応えるように先輩が言った。

視線を彼に移すと、暗闇《くらやみ》の中、先輩のまっすぐな瞳と目が合った。

「紘菜ちゃんとの運命、信じてみたかったんだよね。俺が、紘菜ちゃんを追いかけたかった」

「……っ」

「……って、キモいね俺、ごめん」

なんとも形容しがたい感情に襲われる。

ぶわあって感情があふれて、これ以上先輩と目を合わせていたら、あっという間に涙があふれてしまいそう。

だけどこのままそらしたくないとも思うわけで、先輩といる時の私はひどく矛盾していて、自分じゃどうしようもできない気持ちになった。

──まるで、少女漫画《まんが》のヒロイン、みたいだ。

「せんぱい……っ、」

「え、え、待って紘菜ちゃん、な、泣いてる？」

抑えきれず泣き出した私に、三琴先輩は動揺しているようだった。

そりゃそうだ、泣かせるようなことを言った覚えは本人にはないのだから。

けれど、私にとっては泣くほどうれしい言葉だった。

「ごめん、泣かせるつもりは全然なくて」と言いながら、先輩は優しい手つきで背中を撫でてくれる。

こんなにも簡単に好きがあふれてしまう。

一日中そわそわするくらい気になっていた内容をまだなにひとつ聞けていないのに、もう、三琴先輩が今私の隣にいる事実だけで十分だった。

「……っ、運命ですっ」

先輩との運命を信じたかった。

そう思っているのが私だけじゃないといいなと、密かに思っていた。

「ふ、うん。だね」

「好きですっ」

「俺も」

最初からぜんぶ、運命だったんだ。

先輩と私が出会ったのは運命で、お互いに惹かれ合って、恋に落ちるという運命だった。

——今なら、自信をもってそう思える。

「紘菜ちゃん」

優しい声で名前を呼ばれた。

先輩の冷たい指先が、私の髪の毛をそっと耳にかける。指先がかすめた頬は、きっと今日も熱いだろう。

「春とは、ちゃんと終わりにした。って、もともと俺、紘菜ちゃんのこと好きになってからは、もうずっと紘菜ちゃんのことしか考えてなかったんだけど。春とちゃんと話せてよかったって思うよ」

「……っはい」

「紘菜ちゃんが春に俺のことを言ってくれたんだよね？　春から『ありがとう』って伝えてって言われた」

春先輩の気持ちを考えたら辛いけれど、私が彼女に同情するのは違うとわかってる。あの時、春先輩の気持ちが聞けてよかった。どちらかを下に見るのではなく、確かに平等に、私たちはライバルになれていた。

お礼を言いたいのは私も同じだ。

春先輩と話していなかったら、私は今も三琴先輩と春先輩の気持ちを勝手に推測して遠慮していたかもしれない。

「いつの間に、春と仲良くなってたの？」

「仲良くっていうか、女の事情で……」

「よくわかんないけど……なんとなく察したかも」

「……けど、私も春先輩には感謝してます」

「ん、そっか」

——いつか、なにかの機会でまた話すことがあったら、私の口からありがとうございますと伝えたい。

「あー……もうすぐ花火、あがる時間になるね」

一八時二五分。

話していたら、あっという間にそんな時間になっていたようだ。

遠目で見つめるグラウンドは相変わらず生徒たちであふれかえっていて、花火があがるのを心待ちにしているように見えた。

「もっとよく見えるところに行く？」

この場所からも花火は見えなくはないが、もっとグラウンドに寄った方が見えやすいということは確かだ。

「……いえ、ここがいいです」

「そ？　俺は全然いいけど……」

けれど私は、三琴先輩の言葉に首を振った。

「……まだ、ふたりでいたいので」

いつからこんなによくばりな女になったんだっけ。

かつて恋をしていた時に、物わかりがよくてあまりかわいげのない自分を後悔していたからだろうか。

〝かわいい女の子〟でいたいと思うようになった。

自分の気持ちをちゃんと伝えられるような、素直な女の子になりたいと思った。

「……待って、かわいすぎるでしょそれは」

「……もっと私でいっぱいになって、先輩」

「無理、ホント……俺、ダメになりそ」

三琴先輩といる時の私は　少しだけかわいくて、自分のことが好きになれる。

両手で顔を覆って照れた表情を隠した三琴先輩。

指と指の隙間から目が合った。

どうやら、私がかわいくて困っている……みたいだ。

先輩はずるい。ひとつひとつが私の胸を鳴らす。

「……紘菜ちゃんのせいだから、ね」

「え」

ドォ――――ン。

花火があがった。

ふたりの顔が花火に照らされる。

きっと私は、先輩と一緒に見たこの花火を一生忘れないのだと思う。

「……すっげえ、好き」

三琴先輩が私の肩に両手を添えた。

私の瞳をじっと見つめたあと、伏し目がちに顔をかたむける。

私もその動きに合わせて、瞳を閉じた。

三琴先輩の唇が触れる。

優しくて、温かくて、愛おしいキスだった。

ものがたりの主人公

「大槻さん」

「あ、ちょっと私は、そろそろトイレ掃除に」

「ハイ、残念でしたー。俺がさっきこっそりやってまーす」

「ぐぬ……」

「つーか、あと五分じゃん。今日くらいその五分、俺にちょうだいよ」

「今日くらいってなに？　いつもあげてるじゃん」

「あれー、そうだっけ？」

──文化祭から一週間がたった、金曜日の夜のこと。

今日も今日とてアルバイトに勤《いそ》しむ私と真渡くんは、恒例《こうれい》のことながら客足の少ない店内でそんなやり取りをしていた。

文化祭で私服姿の真渡くんを見たけれど、やっぱりコンビニの制服姿の方がしっくりくる。

この時間に彼と話す機会が増えたせいだろう。

最初の頃は、ただのチャラ男だと思っていた真渡くんと相談し合う友情関係が築けるようになるなんて、思いもしなかったのに、今やほかのバイトの人や店長にまで「ふたり、最近仲がいいよね」と言われる始末だ。

真渡くんには感謝しているけれど、仲がいいねと言われるのは、まだ少し納得できなかったりもする。……確かに、彼のことは信用しているけれど。

「文化祭、楽しかった」

「よかったね」

「彼氏、やっぱかっこいいね」

「……まあ」

「最近は順調？」

「……そうだね」

「へぇ、いいね。冬だし」

「関係なくない？」

「いやあるよ。冬って肉まん半分こするカップル多いもん。いいじゃん、彼氏とこの店の売り上げに貢献《こうけん》してよ、大槻さん」

「したとしても、真渡くんがいない日にするので」

「つれないなー」

真渡くんの口癖は「つれないなー」だ。

それは、話していくうちにわかったこと。

そして、私がつれない態度をとることをわかっていて、敢《あ》えて言ってきていることもわかった。

つくづく、真渡くんは不思議な人だと思う。

「あ、大槻さんあがる時間になった。おつかれさま」

店内にかけられた時計に目を向けた真渡くんが言う。

時刻は二〇時。

今日は珍しく私と真渡くんのあがる時間は時間差があり、真渡くんは二一時までシフトが組まれているらしい。

「大槻さん、明日もシフト入ってたっけ」

「いや、休みだよ」

「あ、デートか。なるほど」

「……なにも言ってないんだけど」

「大槻さんが土曜日いないなんて珍しいじゃん。生憎《あいにく》俺は察しがいいからさ」

「はあ……」

そこまでくると、もう才能だ。

真渡くんはいろいろと察しすぎていると思う。

ニコニコと笑って手を振る真渡くんに「おつかれさま」と言って事務室に向かい、タイムカードに打刻して足早にお店を出た。

明日は土曜日で、真渡くんの予想どおり、三琴先輩とはデートをすることになっている。

新しいワッフル屋さんがようやくオープンしたので、一緒に食べに行こうということになったのだ。

ついでに、明日の夜は三琴先輩の家族が仕事の都合で誰もいないということで、デートのあとお泊まりをすることになっている。

すでに緊張がマックス状態だ。

三琴先輩――というか付き合っている人と一日中ふたりきりでいられるって……そんな幸せなことがあっていいのか。

彼氏ができたということは、お母さんには伝えてあった。

けれど、「彼氏の家に泊まりにいく」というのは、なんだかまだ言うのが恥ずかしくて、「エナちゃんの家でお泊り会をする」と、初めてお母さんに嘘をついた。

エナちゃんには事情を説明ずみで、全面協力の承諾を得たあと、「痕のひとつやふたつ、つけてきなよ」と、つい最近言われたばかりのセリフをご丁寧《ていねい》にもう一回聞かされた。

……エナちゃん、ホントすぐに破廉恥な方向にもっていくから困る。

――それで、そんなエナちゃんの恋路はというと……。

文化祭が無事に終了した夜のこと。

エナちゃんからは予告通り電話がかかってきて、寛太先輩と付き合うことになったという報告を受けた。

『詳しい話は明日学校でちゃんと話すけど、とりあえず報告だけ』というエナちゃんの声はいつになく明るくハイトーンで、すごくうれしくて幸せな気持ちなんだろうな、というのは電話越しでも十分に伝わってきた。

『エナちゃん、おめでとうぁぁ』

『ふふ、ありがとう』

『ミスコンもおめでとうぁぁ』

『うん、ありがと』

『エナちゃんんん……』

『紘菜も、大丈夫だった？』

『つうん』

『え、もしかして泣いてる？』

『エナちゃんの幸せがうれしくて……っ』

『えー、怖い……けど、私も紘菜が幸せなのは、うれしいから私も怖いね』

そう言いつつもエナちゃんは笑っていた。

寛太先輩とエナちゃんは見事にミス・ミスターコンテストで優勝を果たしていて、

三琴先輩と春先輩はともに準優勝だった。

二年生で優勝を果たしたエナちゃんは、前年度の春先輩に次ぐ校内のマドンナになる可能性が大だろう。

親友としてとても誇らしげに思う。

『エナちゃん、寛太先輩のことばっかりで私のこと放置しないでね』

『それ私のセリフなんだけど』

『ねえ』

『なに？』

『……前から思ってたけど、エナちゃんってツンデレだよね』

『……ねえ』

『なに？』

『……それ、寛太先輩にも言われた』

『絶対にキュン』

『どういう日本語？』

もう知っている人はいるかもしれないけど、ちゃんと教えてあげるね。

──私の自慢の親友は、もしかしなくても、すっごくかわいいの。

『いらっしゃいませー』
『……あ、肉まんひとつ』
『うぃーす……て、あれ、ライバルさんだ』
『は？』
『あ、いや。俺の友達……いや、バイト仲間のライバルさんだなと思って』
『……あ、ここ……あの子のバイト先か』
『なんか、元気ないっすね』
『……きみ、なにか事情を聞いてるの？』
『んー、や、なんもっす。ライバルってことだけ』
『……そう。でももう、ライバルはおしまい。私は脇役だから』
『知ってます？』
『なに？』
『この世に脇役っていないんですよ。みんな主人公で、ヒロインで、ヒーローです』

『……見かけのわりにいいこと言うのね、きみ』

『あざっす。肉まん、一三〇円です。あ、ちょうどですね。レシートいりますか？』

『いらないです。……どうもありがとう』

『……あー、待って、待って』

『え？』

『俺、あと五分であがるんで、店内で待っててくれませんか』

『……どうして？』

『冬の肉まんって、誰かと半分こした方がおいしいって知ってます？』

―side 三琴―

多分、俺は自分が思っているよりずっと重くてめんどくさい男なんだと思う。

「紘菜ちゃん、緊張してる……よね？」

「えっ」

「俺も緊張してる、ごめん」

顔を真っ赤にして俯く紘菜ちゃんがかわいくて仕方ない。

いや、かわいいなんて言葉じゃ収まらないかもしれない。

気を抜いたらあっという間に彼女の雰囲気に飲み込まれて——俺が、ぶっ壊れちゃいそうだ。

今日は、最近オープンしたというカフェに行った。

ワッフルをおいしそうに頬張る紘菜ちゃんを見て、俺まで微笑ましくなったし、移動の時に手をつなぐと、まだ慣れないのか耳を赤くさせる姿を愛おしいと思った。

会えば会うほど、触れ合えば触れ合うほど、彼女の沼にずぶずぶハマっていく。

紘菜ちゃんはかわいいと思う。

自分の彼女だからとかではなく、世間一般の基準からしてもかわいい。

ミスコンにはエントリーしていなかったけれど、エナちゃんとはまた別の系統で男ウケはすると思う。

けれどまあ、俺からしたら紘菜ちゃんのかわいさに周りがまだ気づいてないというのはかなり好都合なのである。

この子のかわいさを知っているのは、俺だけでいい。

この子に触れていいのは俺だけ。

俺だけが、全部を知っていたい。

外でデートをしている間でさえ、彼女に対して下心ばかり抱いてしまうような俺が、

──ふたりきりの部屋で冷静さを保っていられるわけが、ない。

泊まりなんて言い出したのは誰だっけ。

……いや、俺か、俺だった。

ずっと心臓がうるさい。

紘菜ちゃんに触れるのがずっと怖かったのは、触れたら最後、自分の気持ちが止まらなくなると思ったから。

でも、もう無理だ。

触れたって触れなくたって、俺は最初から戻れないところまで来ていたんだから、
もう、我慢なんかできっこない。

「ごめんね、こんなに好きで」

「……っ、三琴先輩……っ」

「……絶対離さないから、離れていかないでよ」

「それは、私のセリフですっ」

「ふは、うん。そっか」

「先輩がイヤって言っても追いかけます……っ」

「そんなこと言うわけねーじゃん」

「わ、わかんないじゃないですか。絶対はないって世間《せけん》は言ってます」

「じゃあ、俺が証明するよ。絶対はあるって」

俺にとってのヒロインは、もう、きみ以外考えられない。


【主人公】

事件や小説・劇などの中心人物。ヒーローまたはヒロイン。

『デジタル大辞泉』より

人は生まれながらにして主人公。

辛いことも悲しいことも、うれしいことも幸せなことも平等にやってくる。

ヒロインとは、ヒーローとは。

――そういう風にできているらしい。

「……だ、そうなんだけど、この世に主人公じゃない人はいないらしいんだよね」

「それ、あのバイトくん情報？」

「うん。真渡くんも多分、誰かにとってのヒーローなんだろうね」

「そういえば最近、春先輩、新しい彼氏ができたらしい。噂、聞いた？」

「え、そうなの？」

「噂だから、本当に彼氏かどうかはわかんないけど。他校の人らしい」

「幸せだといいよね」

「ね。ところでエナちゃんは最近、寛太先輩とどう？」

「普通よりの順調。そう言えば、紘菜は三琴先輩とのお泊まりどうだった？」

「えっ」

「もう最後までした？　あんなこととか、こんなこととか……」

「エナちゃんってば、すぐそういうこと言うのやめて!?」

愛おしい温度

「紘菜ちゃん」

名前を呼ばれ振り返る。そこにいた人物と目が合って、愛おしさで胸がきゅうっと鳴った。

「ごめんね、待たせちゃってたね」

「……先輩、まだ待ち合わせの三〇分前ですよ。私が早く来すぎてしまっただけなのに……どうしたんですか」

時刻は一六時三〇分。

三琴先輩との待ち合わせ時刻は十七時の予定で、楽しみなあまり早く家を出すぎてしまったな……と反省してわずか二分がたった頃のことだった。

「や、楽しみだったから、予定より早く家出ちゃった」

「……そ、ですか」

先輩も同じことを考えてくれていたと知り、言葉を詰まらせる。

付き合ってから一年近くたつけれど、三琴先輩から真っすぐな言葉を受け取るのは、いつになっても慣れないまま。

「浴衣だ」

「……あ、今年は着ようって決めてたので……先輩も甚平ですね」

「……まあ、今年は着ようって決めてたから」

「……お揃いだ」

「ふ、だね」

八月中旬──今日は花火大会である。

私は三年生になり、三琴先輩は大学生になった。

去年のこの時期はまだ先輩とは付き合っていなくて、私は勝手にひとりで春先輩のことでモヤモヤしていたので、一緒に行く約束はしたものの浴衣を着ることはできなかったのだ。

三琴先輩に『浴衣見てみたかったな』と言われて、あの時はただただやるせない気持ちになっていた。

あれから一年。

一年越しで、私は浴衣を着ていて、甚平を着た三琴先輩の隣にいる。

先輩が大学生になってからも、お互いを尊重《そんちょう》しながら特別大きな喧嘩もなくお付き合いを続けているのが現状。

三琴先輩と寛太先輩は同じ大学に進学したので、休日にエナちゃんも含めて四人で遊んだりすることもしばしばあった。

いたって良好な関係。恋心は飽きることなく――。

「かわいい」

「え」

いや、むしろ増していくばかりで困る。

「俺、今日すげー楽しみにしてて……俺だけめちゃくちゃ張り切ってると思われたらどうしようって思ってたんだけど。よかったぁ、紘菜ちゃんが浴衣着てくれて」

「……先輩はそのままでもかっこいいです、けど、甚平もすごい似合ってて……好きです」

「うわー……そーいうこと言うのやめよ？　あーここが外でよかった。危ねー」

くしゃくしゃと襟足を掻いた先輩。

困っているみたいだ。先輩はすぐ顔に感情が出るので、照れているのが丸わかり。

でも、甚平姿の先輩がかっこいいのは事実だからどうしようもない。

ちなみに、先輩が言う「危ない」は、一年も付き合えばどういうことを指《さ》しているかもわかってくるもので、頬を赤く染める先輩につられて、私も恥ずかしくなってうつむいた。

今日、花火を見たあとは、大学生になってからひとり暮らしを始めた先輩の家に泊まることになっている。

そのことも相まって、余計に恥ずかしくなった。

去年の花火の記憶はあまりない――というより、三琴先輩からの苦いキスにすべて飲み込まれてしまったという方が正しいだろう。

あの時は、始まる前に私の恋は終わってしまったんだ、私はどこからやり直したらよかったんだろうと、自分の不甲斐《ふがい》なさを実感して苦しかった。

三琴先輩の隣で笑える未来はもうないと、本当にそう思っていたのだ。

けれど今はそうじゃない。

私は先輩の彼女で、先輩は私の彼氏。

なにも気にせず三琴先輩のことを好きだと言えるし、隣にいることができる。

「行きましょう、先輩」

「ん、だね」

照れくさい空気に耐え難くなり、そうもちかける。

「すげー楽しみ」

「ですね」

「リンゴ飴食べたいなー」

「買いましょう」

「あと、あれも——チョコバナナ」

「先輩、甘いの食べてばっかりですね」

「何歳になっても、好きなもんは好きなんだよなぁ」

どちらともなくつながれた手に、愛おしさがまたあふれた。

fin.

書き下ろし番外編

かわいいわがまま

「——あれ、三琴くん？」

それは、夏も終わりに差し掛かった土曜日。

三琴先輩とスーパーで買い物をした帰り道のことだった。

月日は流れ、私はあっという間に大学生になった。

三琴先輩とはべつの大学に進学したけれど、お互い県内の大学だったこともあり、大きな問題もなく平和な日々を送っていた。

つい昨日まで、大学は前期試験が行われていた。

私も三琴先輩も勉強に対して真面目な方なので、テストが終わったら泊まりに行く約束をして、試験期間中は会わないようにしていた。

テストは無事終わり、同時に夏休みに入った。

三琴先輩に会うのは今日でちょうど一週間ぶりだった。

本当は遊園地に行こうと話していたけれど、昨夜、美人な気象予報士が「午後から雨模様になりそうです」と笑顔で言っていたので、せっかく行くなら天気がいい日にしようという話をした。

代わりに、三琴先輩の家で一緒にごはんを作ったり映画を見たり、ごろごろしてゆっくりすごすことになったのだ。

三琴先輩が家まで迎えに来てくれて、お昼ご飯にカレーうどんを作ろうって展開になって。雨が降る前に夕飯の材料も含めて買い出しをすませちゃおうと、家に帰る足でスーパーに寄った。

それで、今。

買い物を終えて家への道を歩いていると、〝ハジメマシテ〟の女の人が三琴先輩の名前を呼んだ。

「超ひさしぶりじゃん、元気してた？」

白に近い金髪の髪をゆるく巻いていて、化粧もばっちり施された美人な女性は、「相変わらずかっこいいね三琴くん！」と加えてニコニコと笑っている。

「あはは、忘れちゃった？　中学の時、あたし結構三琴くんと仲いいつもりで生きてたんだけど！」

「仲良い女子なんて……え、もしかしてモモ？」

「そうだよぉ。その呼び方、中学卒業以来してくれる人いなかったからさ、超なつかしい。で、隣の子は三琴くんの彼女？」

「うん、そう。かわいいでしょ」

不意に落とされた言葉にドキ、と心臓が鳴った。

三琴先輩がずるいことなんてわかりきっていたけれど、やっぱり慣れることはなくていつもドキドキしてしまう。

「あっ、えっと、こんにちは……」

挨拶をすると、「やほやほー」と軽い返事が返ってきた。

モモさんは中学の時の同級生みたいだ。

席が隣になったことをきっかけに仲良くなったらしい。

仲良くなった、と言っても学校で話をするくらいで、休日に遊んだりしたことはないみたいだ。

しかしながら、中学の同級生とひさしぶりの再会となると話は盛り上がってしまうのも仕方ないわけで――。

「木場くんは元気？」

「うん。見てのとおり、彼女とうまくやってる。一年以上付き合ってるけど、めっちゃラブラブだよ」

「えっ⁉　あの木場くんが⁉」

「そーそー。すげーいい彼氏」

「時の流れこわ……。そういえばこの間、中学の時の顧問にも偶然会ってさ、結婚しててビックリしたんだよね」

「顧問、誰だっけ？」

「ああ、数学の佐藤《さとう》先生。学年主任だったの、覚えてる？」

「覚えてる覚えてる。まじか、すげー」

当たり前のことだけど、私が三琴先輩と過ごした時間は高校二年生の夏以降のことで、それより前の三琴先輩のことを知らない。

思い出話に花を咲かすふたりはとても楽しそうで、なんだか複雑な気持ちになった。

いいなぁ、もっと早く出会いたかったなぁ。

三琴先輩と中学校が同じだったら、どんな感じだったのかな。

今さらどうすることもできないことを言葉にしても無意味だとわかっているので、余計に落ち込んでしまう。

……それに。

「モモはあんま変わってないね」

「やだー！　それぜんぜん褒めてないよね⁉」

「うーん？」

「なに、その反応！」

三琴先輩が彼女のことを「モモ」と呼ぶたびに、ちくりと胸が痛むのだ。

先輩は基本女の子のことを「ちゃん」付けで呼ぶ人だ。

私のことも、出会った時から「紘菜ちゃん」だったし、エナちゃんのこともそうだった。

モモさんのことを呼び捨てにしているということは、遊んだことがないとはいえ、かなり親しい関係にあったのかもしれない。

三琴先輩のことになると小さなことにヤキモチを妬《や》いてしまって、モヤモヤしてしまう。

三琴先輩はただ友達と話しているだけなのに。

一年以上付き合っているのに、いつまでも私だけが幼稚なまま。

「てかでも、三琴くんの彼女めっちゃ意外かも」

「意外？」

「三琴くんは綺麗系の人が好きなのかなって勝手に思っててさ。だから、かわいい系なんだ〜って、意外で」

純粋に褒められているはずの言葉ですら、遠回しにつり合わないって言われているように感じてしまう。

やだな、やだな。

早く帰りたい。先輩とふたりになりたい。

私といる時の三琴先輩を誰にも見せたくない。

先輩の彼女は私だって、いっぱい感じて安心したい。

「み、三琴先輩っ」

気づいたら、そう声をあげていた。

「……紘菜ちゃん？」

三琴先輩の服の裾に手を伸ばしキュッと握る。

振り向いた三琴先輩は不思議そうにしていて、「どうしたの？」と顔を覗き込んできた。

わがままで独占欲でいっぱいになった自分は、どうしようもなく情けなくてかっこ悪い。

わかってる。わかってるのに、止められない。

「わ、私、お腹すいちゃいました！　早く帰ってごはん作りませんか……ほっ、ほら、早く帰らないと雨も降ってきそうだしっ」

服を掴む手に力が篭もる。

モモさんにも三琴先輩にも、わがままな女だって思われてるかもしれない。話の邪魔しないでって思われるかもしれない。嫌われたらどうしよう。

自分で行動したことなのに、マイナスなことを思われているかもと思ったら怖くなって、言葉が詰まって出てこなくなる。

……と、そんなことを思っていると。

「……ほんっと、かわいいことするよね」

「……っ」

服の裾を掴んでいた私の手を、先輩の大きな手が包みこんだ。

三琴先輩がなにかを呟いたようだったけど、小さな声だったので言葉までは聞き取れなかった。

「悪い、モモ。俺らそろそろ帰る」

「あっ、あたしもバイト行かなきゃなんだった。ごめんね引き止めちゃって！　かわいい彼女さんとお幸せにね」

「うん」

「じゃあ、また！」

慌てて私もぺこりと頭を下げると、モモさんは私にも軽く手を振ってくれた。

帰っていくモモさんの背中を見つめていると、不意に、包み込まれていた手が恋人つなぎに変わった。

それだけでこんなにもドキドキしてしまうのだから、私も相当単純だ。

抱えていた不安は、三琴先輩の温度があっという間にさらってくれる。

「ごめんね待たせちゃって。帰ろっか。俺も、はやくふたりきりになりたい」

「え」

「彼女の考えてることはだいたいわかるんですよ、俺は紘菜ちゃんの彼氏なので」

やっぱり、三琴先輩はすごくずるい人だ。


「あの、先輩……」

「ん。とりあえずさ、ここおいで、紘菜ちゃん」

部屋に着いてすぐのこと。買った食材を冷蔵庫にしまったあと、ベッドの上に座った三琴先輩は、そう言ってポンポンと自分の隣を叩いた。

なんだか恥ずかしかったので、ひとり分の距離を空けて座ろうとした。

「ダメ、遠い」

「うぅ……」

それは当たり前に阻止《そし》されてしまった。

肩と肩がぶつかる距離。

　隣からものすごく三琴先輩の視線を感じる。

　下唇を噛み、膝の上でぎゅっと手を握りしめて俯いていると、「紘菜ちゃん」と優しい声が降ってきた。

「ね、紘菜ちゃん。モモとはなにもないよ。あと、モモが言ってた、綺麗系とかかわいい系ってやつも、勝手なイメージってだけだから。つーか、タイプとか関係なく好きな女の子がいちばんかわいいに決まってる」

　頭の中を見透かされているみたいだ。

　ヤキモチを妬いていたことも、独占欲でいっぱいだったことも、ぜんぶ。

「俺ね、紘菜ちゃんと会うたびにかわいいって思うし好きだって思う」

　ふたりきりの空間に、大好きな声が落ちる。

「これまで、好きな人のぜんぶが好きとかありえないって思ってたんだよ。けど、紘菜ちゃんのこと好きになってからは、それがめちゃくちゃわかる。ホントさ、ぜんぶ好きなんだよ」

「な、……う……、えっと」

「あと、彼女に甘えられて嫌な人とかいないよ。少なくとも俺はうれしい。だってかわいいもん、ヤキモチ妬いてる紘菜ちゃん」

「……っ」

三琴先輩の素直なところが大好きだ。

私の心を簡単に見透かしてしまうところも、「好き」って言葉を伝える時、まっすぐ目を見てくれるところも。

私も三琴先輩のすべてが好きだから、〝好きな人のぜんぶが好き〟って気持ちがわかってしまう。

「三琴先輩、が、……取られたみたいで、ちょっとだけ寂しかったです」

「うん」

「私が知らない三琴先輩のこと、まだたくさんあるから……」

「うん」

「……あと、よ、呼び捨て……」

「呼び捨て？」

「モモさんのことは呼び捨てだったので……いいなって、思って……その」

素直でわがままな私の気持ち。

一語ずつ口にする私を、三琴先輩はなにも言わず聞いてくれている。

呼び捨てが羨ましかった。

付き合って一年半以上たつけれど、私たちはお互いを「紘菜ちゃん」「三琴先輩」と呼び合っている。

それが定着しているから、呼び方を変えるタイミングを逃し続けていたけれど、本当のことを言うと、一回だけでいいから私も呼び捨てで呼ばれてみたかった。

言葉にするとこんなにも恥ずかしい。

三琴先輩と一緒にいると、時間を共有すればするほど好きが募っていく。

「こっち向いて」

優しい声に導かれるように顔を上げる。

手が伸びてきて、そっと頬に触れた。もともと紅潮していた頬がさらに熱を帯びる。

三琴先輩の瞳につかまった。

「……好きだよ」

「な、なんですか急に……」

「んー、なんとなく。ね、キスしていい？」

「っ、だ、ダメです」

「ダメ？　そっか、でもしたいからする」

「え、ちょ、せんぱ――」

……もう、ダメって言ったのに。

唇が触れて、熱が伝わり合う。

長いキスに、頭がくらくらする。このまま酔いしれてしまいたい。

三琴先輩の愛がいっぱい詰まった口づけだった。

「かわいい、紘菜」

「っ、」

「……ちゃん。やっぱ慣れねーわ、呼び捨て」

はは、と三琴先輩が恥ずかしそうに笑う。

どうしようもなく愛おしくなって、その身体をぎゅうっと抱きしめた。

「モモはあだ名なんだよね。名字が桃田だから、中学の時からみんなそう呼んでた」

「そうだったんですね……」

「でもごめんね、ヤキモチ妬かせちゃって。まあ、俺的には結果オーライだったんだけど」

「い、言わないでくださいっ」

すっかり遅くなってしまったお昼ごはんを一緒に作る途中で聞いた、モモさんのあだ名の話。

そのほかにも、寛太先輩がよく体育の授業をサボっていたこととか、入学当初に比べて身長が伸びすぎて、三年生になる頃には制服のスラックスが短くなってしまい買い替えたこととか、今まで聞いたことがなかった中学時代の思い出話をたくさん教えてくれた。

「てか、紘菜ちゃんは俺のこと名前で呼んでくれないの？」

「えっ」

「嫌だ？　名前で呼ぶの」

「いや、その……嫌とかではなくて……」

恥ずかしいだけ、なんだけど。

「ね。お願い、紘菜」

不意打ちで呼び捨ては反則だ。

さっき、「やっぱり慣れない」って言ってたくせに……、しっかり私の反応を見て楽しんでるんだから。「顔赤い」ってわざと指摘してくるところもいじわるだと思う。

多分だけど……私は呼び捨てにされることに弱いのかもしれない。

呼び捨てのあとになにかお願いされたら、なんでもイエスって言っちゃいそう。

「……み、三琴くん」

恥ずかしさを我慢して大好きな名前を紡ぐ。

けれど、返事はなかった。

言わせておいて反応しないのはひどいですよ……と、そんな思いを込めて恐る恐る先輩の顔を覗き込む——と。

「……待って、やっぱダメ」

片手で顔を覆う先輩の耳が、真っ赤に染まっていた。

「え、先輩」

「呼び捨てダメ。紘菜ちゃんはダメ、禁止」

「えっ、禁止……」

「こんなに破壊力があるとは思ってなかった。うあぁ、ごめん。もうしばらく先輩でいさせて、あとそんなシュンとしないで。その顔もかわいくて困る」

「わ、わかりました……？」

それは、呼び捨てに弱いふたりの、とある土曜日のこと。

「って先輩！　お湯が沸騰してます！」

「うわっ！　待って、やばいやばい」

「なにしてるんですか、もう……！」

ふたりで作ったカレーうどんは、なんだかとても幸せな味がした。

fin.

あとがき

はじめまして、雨です。

この作品に出会ってくださった皆様、本当にありがとうございます。夢だった文庫という形で皆様のお手元に私が作ったものがたりが届いていること、とてもうれしく思います。

突然ですがみなさん、普段漫画や小説に出てくる当て馬キャラのことどう思いますか？ 私は大好きです。

いやぁ、だって、自分が幸せになれないことがわかったうえで、好きな人の幸せを願うって、すごいと思いませんか。みんないい子たちなのにな。ものがたりの中では主人公にはなれなかったけれど、どこかでは幸せになっていてほしいなぁ。私が幸せにしてあげよう、当て馬同士にしたら失恋の痛みがお互いわかりやすいかな。……と、そんな感じでこのお話を書き始めました。

紘菜と三琴をはじめ、エナちゃんと寛太、さらには真渡と春まで、カップルをたくさん作ってしまいましたが、それぞれキャラがいい感じに異なっていたので、書いていて、とても楽しかったです。皆さんはどのカップルが好きとか、誰がタイプとかありましたでしょうか。ちなみにですが、私の推しはエナちゃん（ツンデレかわいい！）です。もちろんエナちゃん以外のキャラも大切なので、みんなのことを好きになってくれたらとってもうれしいです。

そして凌花《しのはな》そら先生のイラスト、とんでもなくかわいくないですか!?　素敵すぎて初めて見た時、しばらく惚けてしまいました。ラブがあふれ出ていて、もう……わぁぁ!!（声にならない）本当に本当に、ありがとうございます!!

最後になりますが、この作品に関わってくださったすべての皆様と、この素敵な出会いに心から感謝申し上げます。

皆様がどうか、可能なかぎり優しい日々の中ですごせますように。

二〇二一年七月二五日　雨

雨（あめ）

宮城県出身。夏生まれの晴れ女。夜と星とツンデレが好き。シャツのボタンを全締めする男の子と、目つきが悪くて強気な女の子がタイプ。音楽と珈琲は人生の必需品。サンリオ信者で、推しキャラはポチャッコくん。

凌花そら（しのはな　そら）

新潟県出身、京都市在住の少女漫画家。A型。2018年『ガーリーバスケット!』でデビュー。趣味は植物園・寺社めぐり、歩くこと。作風はラブコメがメイン で、集英社『りぼん』で活躍中。

雨先生への
ファンレター宛先

〒104-0031　東京都中央区京橋1-3-1　八重洲口大栄ビル7F
スターツ出版（株）書籍編集部気付　雨先生

この物語はフィクションです。
実在の人物、団体等とは一切関係がありません。

ずるいよ先輩、甘すぎます

2021年7月25日　初版第1刷発行

著　者　雨　©Ame 2021

発行人　菊地修一

イラスト　凌花そら

デザイン　齋藤知恵子

DTP　株式会社 光邦

編集　相川有希子

編集協力　ミケハラ編集室

発行所　スターツ出版株式会社
〒104-0031
東京都中央区京橋1-3-1 八重洲口大栄ビル7F
出版マーケティンググループ TEL 03-6202-0386
(ご注文等に関するお問い合わせ)
https://starts-pub.jp/

印刷所　株式会社 光邦
Printed in Japan

ISBN 978-4-8137-1123-0 C0193

恋するキミのそばに。

野いちご文庫人気の既刊！

告白したのは、君だから。

神戸遥真《こうべはるま》・著

まじめで内気な高１の里奈は、同じクラスのイケメン一輝からの“嘘の告白”に、騙されたふりをして付き合いはじめる。明るく優しい一輝に次第に心惹かれてしまい、その想いを断ち切らなくてはと悩む里奈。でも、一輝の本当の想いは――？　ピュアなふたりのじれったい恋の行方に胸キュン。

ISBN978-4-8137-1065-3　定価：660円（本体600円＋税10%）

大好きなキミのこと、ぜんぶ知りたい

灯《ともり》えま・著

高２の虹は、女子に冷たいけど超モテモテな幼なじみの千尋が好き。でも虹は、千尋の兄・千歳と付き合っていた過去が引っかかっていて、想いを伝えられずにいた。一方、子どものころから虹が好きなのに、虹は今も千歳が好きだと思い込んでいる千尋。勘違いしたままの千尋に虹は動き出すけれど…!?

ISBN978-4-8137-1037-0　定価：682円（本体620円＋税10%）

今日、キミとキスします

高２の日詩はクールなモテ男子・瀬良くんに片想い中。彼のことを見ているだけで十分だったのに、ある日、廊下でぶつかった拍子にキスしてしまい!?　気まずくなるかと思いきや、それをきっかけに彼との距離が急速に縮まって…。ほか、好きな人とキスする瞬間を描いた、全７話のドキドキ短編集！

ISBN978-4-8137-1004-2　定価：704円（本体640円＋税10%）

だから、俺の彼女になってよ。

☆*ココロ・著

親友・和也を秘かに想う澪南は、和也に気になる人がいると告白され大ショック。それでも健気に好きな人の恋を応援する彼女の前に現れたのは、笑わないクールな王子様、千歳。キツイ毒舌を浴びながらも、その裏の優しさに触れた澪南はどんどん惹かれていって――。切なくて甘い恋物語。

ISBN978-4-8137-0989-3　定価：660円（本体600円＋税10%）

書店店頭にご希望の本がない場合は、書店にてご注文いただけます。

恋するキミのそばに。

♥野いちご文庫人気の既刊！♥

はちみつ色のキミと秘密の恋をした。～新装版 はちみつ色の太陽～

小春《こはる》りん・著

ある日、ひょんなことから学校一イケメンで硬派な陽の秘密を知ってしまった高2の美月。いつもはクールな陽のギャップに驚きつつ、美月は陽の偽カノとなり、みんなには秘密の関係に。不器用だけど優しい陽に少しずつ惹かれて…。第10回日本ケータイ小説大賞受賞の史上最強学園ラブ。

ISBN978-4-8137-0974-9　定価：682円（本体620円＋税10%）

キミの隣でオレンジ色の恋をした～新装版　オレンジ色の校舎～

由侑《ゆう》・著

高校生の遥は、中学時代の元カレ・朱希にずっと片想い。失った恋を忘れられないまま、クラスメイトの朱希を見つめるだけで、自分の気持ちを伝えられない日々を送っていた。久しぶりの朱希との会話から、遥の気持ちはますます高まってきて…。一途な想いから生まれる、甘く切ない恋物語。

ISBN978-4-8137-0957-2　定価：693円（本体630円＋税10%）

クールなキミが最近優しいワケ

Milky《ミルキー》・著

高2の陽和は控えめな性格のピュア女子。イケメンで優しい先輩に片思い中。そんな陽和に対してクラスメートの橘くんはいつも冷たい態度だけれど、嫌いだというわりになぜか陽和が困っていると助けてくれる。戸惑いながらも、橘くんの不器用な優しさに少しずつ陽和の心が動きはじめ…。

ISBN978-4-8137-0941-1　定価：693円（本体630円＋税10%）

先輩、これって恋ですか？

水沢《みずさわ》ゆな・著

恋愛未経験で内気な高1の春香。昼休みに出会った学校一のモテ男でイケメンな智紘先輩に気に入られ、強引だけど甘～いアプローチにドキドキしっぱなし。「俺以外の誰かになつくのダメ」なんて、独占欲強めだけど、チャラいだけじゃない先輩の優しさに触れ、春香は少しずつ惹かれて…。

ISBN978-4-8137-0940-4　定価：660円（本体600円＋税10%）

書店店頭にご希望の本がない場合は、書店にてご注文いただけます。

恋するキミのそばに。

♥野いちご文庫人気の既刊！♥

今日、キミに恋しました

恋に奥手の高２の七海は、同じクラスのイケメン＆人気者の南条くんがちょっぴり苦手。ところが、あることをきっかけに彼と話すようになり、彼を知れば知るほど七海は惹かれていき…。ほか、クラスや学校の人気者、大好きな人と両想いになるまでを描いた、全５話の甘キュン短編アンソロジー♡

ISBN978-4-8137-0924-4　定価：660円（本体600円＋税10%）

どうして、君のことばかり。

夜野《よるの》せせり・著

親友・絵里と幼なじみでイケメンの颯太、颯太の親友で人気者の智也と同じクラスになった高１の由奈は、智也に恋をする。でも、智也が好きなのは由奈じゃなく…。落ち込む由奈を心配してくれる颯太。颯太は、ずっと由奈が好きだった。やがて由奈は、ひとりの男の子として颯太が好きだと気づくが…。

ISBN978-4-8137-0925-1　定価：660円（本体600円＋税10%）

卒業まで100日、…君を好きになった。

夏木《なつき》エル・著

高３年の唯は誰よりも早く卒業後の進路が決まったけど、クラス全体は受験前のピリピリムード。孤独だった唯は、ある日突然、学校一頭が良くてイケメンの人気者の篤から「俺と楽しいことしない？」と声をかけられて!?　"卒業同盟"を組み、二人きりのドキドキ＆胸キュンな時間を過ごすことに…。

ISBN978-4-8137-0906-0　定価：660円（本体600円＋税10%）

３秒後、きみと恋がはじまる。

氷室愛結《ひむろあゆ》・著

高校の入学式、声をかけてきた茜に一目惚れした桃。茜は成績トップ、クールでイケメンだけど、女の子にはなぜか冷たい。高2のある日、桃は思わず「……好き、」と告白してしまう。果敢にアタックする桃に、最初は冷たかった茜の態度が変わってきて…。切なさに胸キュンの恋物語。

ISBN978-4-8137-0907-7　定価：660円（本体600円＋税10%）

書店店頭にご希望の本がない場合は、書店にてご注文いただけます。

恋するキミのそばに。

♥野いちご文庫人気の既刊！♥

俺、お前に惚れてんだけど。

miNato《ミナト》・著

高校の入学式、双子の弟の同級生・晴斗と偶然同じクラスになった志帆。中学の卒業式に失恋をした志帆は、もう二度と恋なんてしないと誓ったけれど、突然「俺、お前に惚れてんだけど」なんて言いよる超イケメンで俺様な晴斗に、少しずつ惹かれ…。ジレ恋の行方にドキドキの胸キュンラブ。

ISBN978-4-8137-0891-9　定価：660円（本体600円＋税10%）

ずっとキミしか見えてない

湊《みなと》 祥《しょう》・著

8年前、流星群の夜に出会った優しい少年に恋した紗良。高校の入学式でその少年・光雅と偶然再会。成長した彼は文武両道で完璧イケメンの「星の王子様」に！　お互いに想い合う二人だけど、素直な気持ちを伝えられずにすれ違ってばかりで…。じれったいピュアな恋に胸キュンが止まらない！

ISBN978-4-8137-0892-6　定価：660円（本体600円＋税10%）

キミの隣で不器用な恋をはじめよう

綴季《つき》・著

ほろ苦い初恋の思い出を心に秘め、新しい高校生活を楽しもうと思っていた花奏は、入学式当日、初恋相手の幼なじみ・眞紘と偶然再会する。想像以上にカッコよくなっていた眞紘は花奏の手が届かないほどモテモテ男子に！　お互い想い合いながらも、すれ違う二人のじれったい恋の行方は!?

ISBN978-4-8137-0875-9　定価：704円（本体640円＋税10%）

俺がどんなにキミを好きか、まだキミは知らない。

小粋《こいき》・著

同じ高校に通う幼なじみで、「元カレ・元カノ」だったこともある胡桃と灰野。高2になり、2人は同じクラスになるけど、灰野が好きすぎて、彼とうまく接することができない胡桃。一方の灰野も胡桃が好きすぎてカラまわりの連続。不器用な2人の、究極のジレジレ＆胸キュン初恋ストーリー！

ISBN978-4-8137-0874-2　定価：704円（本体640円＋税10%）

書店店頭にご希望の本がない場合は、書店にてご注文いただけます。